打通英語學習任督二脈
英語名師Lynn 的
自然發音課

龔玲慧　著
Lynn Gong

Lynn 給讀者的話

讓背單字變簡單

讀過我上一本書的讀者都知道我的大專聯考英文考零分，又加上我是理工科系出身，不喜歡死背，因此我學習英文和教英文的方式比較另類。

傳統上，總覺得學習一定要很辛苦，但我個人覺得學習一樣可以很快樂，而且快樂的學習才能帶來學習的動力以及更大的效果。

就以單字學習來說，我們總覺得單字沒有第二條路，死背就是了，背了，這些字就是你的了，但是事實果真如此嗎？不盡然，因為，第一，今天背明天忘，第二，背了很多字，要用的時候，卻用不出來！

自然發音標榜的是看到字就會唸，聽到音就可以拼出來，雖然很多人學過自然發音，但真正能做到的並不多。因此，我發展出一套學習自然發音的方法，並將我的自然發音學習法結集成書，希望出版這本書能改變大眾的英語學習方式，加上我的教學和傳統教法略有不同，希望讓發音的學習變有趣而且更有效率。

所以這本書除了獻給英文一直學不好，希望重拾英文信心的人之外，也希望獻給英文程度很好，但是學習之路走得很辛苦的人，希望能讓大家不再有背單字的夢魘！從此學英單輕鬆又有效率！

為了讓讀者身歷其境，達到「看到字就會唸，聽到音就會拼」的目標，本書的工程實在極為浩大。除了得將1500字的圖畫字典和發音規則結合外，還需錄製教學影片（以粉藍外框標示之QR Code）和長達560分鐘的發音練習音檔（以粉紅外框標示之QR Code）。光是繪製單字彩圖就動用了七位插畫家，再加上後續與單字的搭配、整理，影音檔的錄製與剪接、編輯，工作之繁複，實在難以想像。

特別要感謝豐橋美語周瓊玲老師和林安琪老師，她們這段期間幾乎不眠不休，和我一起完成這個不可能的任務。家母張惠美女士在車禍期間也加入工作行列。這本書能順利完成，如期出版，要感謝的人實在太多了！

當本書大功告成時，家母笑著問我：「你的書附了教學影片與音檔，教得這

麼仔細，大家買了書都學會了，誰來跟你學啊？」我總是「要五毛、給一塊」，不是別人要求我，而是自己老是想多給一點，恨不得大家都趕緊學會。就像我的生命導師洪啓嵩老師常說的「一生一會」，一本書就是一座心靈殿堂，我也希望透過此書，將自己一生教學精華，奉獻給有緣的讀者，希望本書的出版能改變大家學習英文的方式，讓英文學習變簡單，使更多人輕鬆學好英文，實現人生的美夢！

打通英語學習任督二脈

英語名師Lynn的自然發音課

目錄 CONTENTS

子音 ＋ a è i ` o ´ u ＋ 子音 ＋ e

複合子音/子音 ＋ a è i ` o ´ u ＋ 複合子音/子音

複合子音 ＋ a è i ` o ´ u ＋ 子音 ＋ e

子音/複合子音 ＋ 長母音 ＋ 子音/複合子音

tw + 母音 + 子音

子音/複合子音/混合子音 + 複合母音 + 子音/複合子音

子音 + 連接r的母音 + 子音/er、or

發音卡

寫在前頭

什麼是自然發音（Phonics）？

自然發音就是看到字就會唸，聽到音就可以拼出來，但是很多人學了自然發音很久，卻無法掌握到訣竅，其中最主要有兩個原因。

原因之一是什麼規則先教、什麼規則後教、什麼規則一起教，亦即教學順序的不同，造成了學習難度不同。

舉例而言，有些老師或發音書先教所有和字母a有關的音，再教所有和e有關的音，以此類推。這也是很好的歸類辦法，只是以此方式教學，規則變得複雜，學生一時之間要記太多音，因此看到不認識的字時，會無法決定他們看到的a或e究竟要發哪個音。

在教這些發音規則時，所舉的例字也很重要。例如，教到短母音時，應該舉如cat、pig、red這類既簡單又清楚的單字，然而我們常看到書中舉如possible的o、secretary的e這類較長、規則較複雜的例字，造成學生難以掌握規則。

其次，我們聽跟說的能力是在完全不同的腦區運作，所以我們除了練習看到字會唸以外，還要練習聽到音可以拼得出來。這部分需要逐步練習，而不是學會唸之後，我們就能聽得到每個字母。

而學習自然發音之所以能夠不用背單字，就是藉由練習聽到音就可以拼得出來，所以練習能聽到每個音非常重要。

在本書中，我們會一個步驟、一個步驟教大家，除了學會如何發每個音、每個字以外，還要學會如何聽出字首、字尾及母音的字母，這樣我們就能做到看到字就會唸、聽到音就可以拼得出來。

自然發音 v.s. KK音標

許多老師教KK音標教習慣以後覺得KK音標比較好用，原因何在？因為當你碰到不會唸的字，只要查字典照著KK音標就會唸了，而自然發音規則多，例

外也多，所以有些老師覺得不好用。但事實是否如此呢？我們來檢視一下KK音標的三大問題：

1. 不是每個字都能靠查字典找到KK音標，例如名字、地名、專有名詞或比較少用的字。當你查不到字時，就不會唸了。
2. 字典不見得永遠對，例如y在字尾時，是唸長音的/i/，但是所有字典中，y在字尾的KK音標都是短音的/ɪ/。此外，如st發/sd/、sp發/sb/、sc和sk發/sg/，但是KK仍舊標註st/st/、sp/sp/、sc/sk/、sk/sk/，所以照著KK音標唸出來的英文就會不標準。
3. 萬一你手上沒有附KK音標的字典，就不會唸了。

而自然發音是否真的這麼不好用呢？其實，自然發音雖然規則多，但是只要教法得當，知道什麼規則先學比較容易，什麼規則一起學會比較清楚，搭配恰當時，我們根本不覺得是在學規則。

例外字是自然發音另一個讓老師們詬病的地方。其實，愈長的字愈是按照規則走。例外的字都是我們一天到晚都會見到的字，如：you、are、what、was。但是這又有何妨呢？我們真正需要背的字是難的字、長的字，這些字都很乖的照著規則走，所以自然發音正好可以派上用場。而you、are、what、was等沒有照規則的字，都是常用簡單的字。這些字我們早就記下來了，所以就算它們不照規則走也無妨。

自然發音的中心思想

英文字是由字母構成，而字母所代表、傳達的訊息是聲音。中文字則是由圖象組成，以六書象形、指事、會意、形聲、轉注、假借等方法造字。因此，我們看到一個中文字時，或許就能猜到意思，但不一定能猜出該字的發音。相反的，由字母組成的英文字就不太能猜到字的意義，因為它表達的主要是發音。

因此，瞭解自然發音，就等於瞭解發音規則。所以，我們學習英文字的發音時，不能像對待中文字一樣，因爲每個中文字都是獨立的個體，但是看英文字時，一定得去看組成的字母。這也是爲什麼很多學生在考單字時，常常多一個字母或少一個字母，或是順序顛倒，因爲我們對字母的音沒有感覺，把它們當中文字對待。

有一次我在上國一先修班時，發現有位學生單字都考不好。（我上國一先修班時，會將第一冊的所有單字依自然發音規則分類，每次上課考一個規則的單字。基本上學生不用背單字，只要知道規則，聽到音就可以寫出來。）我問他爲什麼會錯，他回答說因爲心裡一急，腦子裡就一直在想這個字長什麼樣子。例如，他會把 fall 寫成 foll，class 寫成 clase。所以，別把英文字當中文字，要一個一個音去看喔！

本書規畫

前面提到自然發音若學得好，聽到音時就可以拼得出單字，而要能做到聽音辨字，只要掌握三個步驟，任何字都能輕鬆的拼出來。

我們在書中規畫了十大發音規則，每天交（教）給讀者一把金鑰去打開這些發音規則的寶藏。而每天的發音規則都依「兩階段」、「三步驟」的格式來規畫，好幫助大家輕鬆讀出及拼出新單字。

兩階段：是指讀的和聽的部分。在讀的部分，除了文字外，我們會以音檔和影片教讀者標準說出每個字母及每個規則的基本音，以及如何將字拼出來、讀出來，好達成看到字就會唸的目標。在聽的部分，我們規畫用三個步驟就能聽到單字的每個字母，以做到聽到音就可以將字拼得出來。

三步驟：步驟一是練習聽到字首的音，步驟二是練習聽到字尾的音，步驟三是練習聽到母音的音。任何字只要能聽得到這三個部分，拼出單字就完全沒問題了！

我們在拿下十大發音金鑰之前，先來確認 26 個字母的基本音吧！

Warm Up
暖身運動

確認26個字母的基本音

　　大家都知道ABCD怎麼唸，但是大多數人並不知道這26個英文字母各自有它們的名字（name）和聲音（sound）。

　　字母的名字就是我們一般熟知的A到Z的唸法，而聲音則是A/æ/、B/b/……。現在，就讓我們跟著音檔，將Aa到Zz唸一遍！

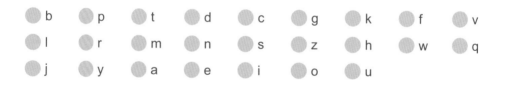

Aa	Bb	Cc	Dd	Ee	Ff	Gg	Hh	Ii
Jj	Kk	Ll	Mm	Nn	Oo	Pp	Qq	Rr
Ss	Tt	Uu	Vv	Ww	Xx	Yy	Zz	

　　大家會唸之後，我們再來試試是否能看到任何字母就能讀出它的音。我們來練習一下字母不按順序排列，大家是否仍能很快速的唸出每個字母的音，而不是名。

b	p	t	d	c	g	k	f	v
l	r	m	n	s	z	h	w	q
j	y	a	e	i	o	u		

　　大家可以先聽一遍音檔，再試試是否能毫無停頓的將這26個字母快速唸出來。也可以試著將書末附的發音卡裁切下來，洗牌後照著牌上的字母快速唸出音來！

　　自然發音的特色就在於看到字就會唸、聽到音就可以拼得出來，所以在我們開始學拼字之前，必須練習看到每個字母就能立即唸出音來，而且聽到每個字母的音，可以立即知道是哪個字母。

　　會唸字母之後，我們再來練習聽的能力，請跟著音檔聽看看現在唸的是哪些字母。

1 _____	2 _____	3 _____	4 _____	5 _____
6 _____	7 _____	8 _____	9 _____	10 _____
11 _____	12 _____	13 _____	14 _____	15 _____
16 _____	17 _____	18 _____	19 _____	20 _____
21 _____	22 _____	23 _____	24 _____	25 _____

1 l	2 r	3 b	4 d	5 p
6 t	7 m	8 n	9 s	10 z
11 f	12 v	13 c、k	14 g	15 a
16 e	17 i	18 o	19 u	20 h
21 j	22 q	23 w	24 x	25 y

 Lynn的發音小祕密

讓我們先來談談五個母音之間的細微差異：

1. a和e：很多人常分不清字母a和e的發音，因為對母語是中文的我們來說，這兩個音的發音方式是沒有差別的。所以man和men聽起來都一樣，而許多發音書所畫的嘴型示意圖，看起來也霧煞煞。這兩個字最主要的差別是a/æ/在發音時，嘴角要用力往兩側及往下拉，而e/ɛ/則是嘴巴放輕鬆完全不用力的唸出e/ɛ/。大家可以參考影片上的示範，也可以聽著音檔一起唸。

2. e和i：e和i這兩個母音，也是大家常常混淆的音。這兩個音的唸法完全不同，但是大家在唸e時，常唸成字母的音，也就是/ɛ/唸成/i/，而i唸/ɪ/，大家卻常唸成字母e的/ɛ/。例如six，很多人唸成sex，而fish，有人唸成fesh。

3. i：i的音因為和中文的「一」很接近，所以很多人會發成中文「一」的音，但是因為中文並沒有i/ɪ/這個音，所以對一般人而言，較難掌握。在發這個音時，一樣很短很快。

019

4. o和u：o和u這兩個母音，u發/ʌ/的音，有點像中文的字ㄜ，但是很短。因爲中文沒有發音近似這個音的字，很多人容易唸錯，常將u唸成o，例如cup，很多人唸成cop，duck很多人唸成dock。

進入拼音階段之一

字母沒有問題之後，我們就能進到下個步驟——拼音。現在我們就來練習一下，如何看到字就會唸。例如b唸/b/、a唸/æ/，b+a=ba。

讓我們試著跟音檔將下列的音唸出來。

a	e	i	o	u
b+a→ba	b+e→be	b+i→bi	b+o→bo	b+u→bu
c+a→ca	d+e→de	d+i→di	c+o→co	c+u→cu
d+a→da	f+e→fe	f+i→fi	d+o→do	d+u→du
f+a→fa	g+e→ge	g+i→gi	f+o→fo	f+u→fu
g+a→ga	h+e→he	h+i→hi	g+o→go	g+u→gu
h+a→ha	j+e→je	j+i→ji	h+o→ho	h+u→hu
j+a→ja	k+e→ke	k+i→ki	j+o→jo	j+u→ju
k+a→ka	l+e→le	l+i→li	k+o→ko	k+u→ku
l+a→la	m+e→me	m+i→mi	l+o→lo	l+u→lu
m+a→ma	n+e→ne	n+i→ni	m+o→mo	m+u→mu
n+a→na	p+e→pe	p+i→pi	n+o→no	n+u→nu
p+a→pa	q+e→qe	q+i→qi	p+o→po	p+u→pu
q+a→qa	r+e→re	r+i→ri	q+o→qo	q+u→qu
r+a→ra	s+e→se	s+i→si	r+o→ro	r+u→ru
s+a→sa	t+e→te	t+i→ti	s+o→so	s+u→su
t+a→ta	v+e→ve	v+i→vi	t+o→to	t+u→tu
v+a→va	w+e→we	w+i→wi	v+o→vo	v+u→vu
w+a→wa	y+e→ye	y+i→yi	w+o→wo	w+u→wu
y+a→ya	z+e→ze	z+i→zi	y+o→yo	y+u→yu
z+a→za			z+o→zo	z+u→zu

1. q這個字母後面永遠接著u，所以我們在做練習的時候就將qu當成q，也就是q我們念/kw/，qu也念/kw/。例如quiz、quit，唸法上其實就是qiz、qit。
2. 字母「Nn」在台灣的問題非常大，大部分的人都是發中文注音符號「ㄣ」的音。請大家特別注意它的發音。

進入拼音階段之二

我們已經會唸兩個字母連在一起的音，如：d+a→da。現在我們再在兩個字母後面加上一個字母，例如：da+d→dad。要發出這三個字母的音，只要在da /dæ/後加一個字母d的音/d/就可以了。

讓我們跟著音檔，試試看能否唸出以下所有單字。

b ：bad, bet, big, box, bus

c ：cat, cob, cup

d ：dad, den, dig, dot, dump

f ：fat, fed, fix, fox, fun

g ：gas, get, gift, god, gum

h ：hat, hen, hit, hot, hut

j ：jam, jet, jig, job, jug

k ：ken, kid, kit

l ：lag, leg, lip, lot, lug

m ：map, met, mix, mop, mug

n ：nap, net, nib, not, nut

p ：past, pet, pig, pot, pup

q ：quell, quiz, quod

r ： rat, red, rip, rod, rub

s ： sad, set, six, sob, sun

t ： tag, ten, tin, top, tub

v ： van, vet, vim

w ： wax, wet, wig, wok

y ： yam, yes, yip, yummy

z ： zip, zig-zag, zen

　　這些字都會唸之後，我們再試著用書末附的ABC發音卡，將任何一個母音（a、e、i、o、u）放中間，前後各放一個子音（如 子音 ＋ 母音 ＋ 子音 ），隨意變換發音卡，看看是否每種組合都唸得出來。

　　當我們看到字會唸時，再來就能做到聽到音就能拼得出字來。

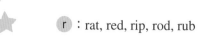 三步驟，輕鬆拼出新單字

　　我們會唸之後，再來要做的就是聽到音就能拼得出單字。只要跟著Lynn活用以下三步驟，肯定沒有單字能難倒你！

步驟一：讓我們跟著音檔，試試看能否聽出以下單字字首的字母。請聽音檔，填入下列單字字首的字母。

● b、p、t、d、c、g：聽看看第一個字母是上述哪一個字母？

1 __ap　　2 __ed　　3 __ig　　4 __op　　5 __ug

6 __et　　7 __ib　　8 __ot　　9 __um　　10 __ap

. . . .

1 c　　2 b　　3 p　　4 t　　5 d　　6 g　　7 b　　8 p　　9 g　　10 t

●這一次沒有提示字母，試看看你是否能夠輕鬆聽出字首的字母？

1 __at   2 __op   3 __ip   4 __un   5 __et

6 __et   7 __ip   8 __at   9 __ob   10 __ut

1 f   2 m   3 l   4 s   5 w   6 y   7 z   8 r   9 j   10 h

步驟二：我們可以聽出字首的字母後，再來練習是否能聽出以下單字字尾的字母。請聽音檔，填入下列單字字尾的字母。

●b、p、t、d、k、g：聽看看最後一個字母是上述哪一個字母？

1 bu__   2 li__   3 ho__   4 ya__   5 we__

6 cu__   7 di__   8 la__   9 le__   10 ve__

1 g   2 d   3 t   4 k   5 b   6 p   7 p   8 b   9 g   10 t

●這一次沒有提示字母，試看看你是否能夠輕鬆聽出字尾的字母？

1 so__   2 yu__   3 he__   4 bu__   5 ga__

6 wi__   7 qui__   8 fa__   9 fe__   10 no__

1 b   2 m   3 n   4 s   5 s   6 g   7 z   8 x   9 d   10 t

步驟三：字首、字尾都沒有問題後，我們就要進入挑戰度最高的母音，也就是中間的這個音。請聽音檔，填入下列單字的母音。

● 聽看看是a或e？

① b__d　　② b__d　　③ p__d　　④ p__t　　⑤ r__t　　⑥ s__d

① a　　　② e　　　③ a　　　④ e　　　⑤ a　　　⑥ a

● 聽看看是e或i？

① l__t　　② l__t　　③ p__n　　④ p__n　　⑤ s__t　　⑥ s__t

① i　　　② e　　　③ i　　　④ e　　　⑤ i　　　⑥ e

● 聽看看是a、e或i？

① b__g　　② b__g　　③ b__g　　④ t__p　　⑤ t__p　　⑥ t__n

① a　　　② e　　　③ i　　　④ i　　　⑤ a　　　⑥ e

● 聽看看是o或u？

① h__t　　② h__t　　③ c__p　　④ c__p　　⑤ n__t　　⑥ n__t

① o　　　② u　　　③ o　　　④ u　　　⑤ o　　　⑥ u

● 聽看看是a、e、i、o或u？

① b__x　　　② c__t　　　③ d__p　　　④ h__n　　　⑤ j__g

⑥ w__x   ⑦ z__n   ⑧ s__x   ⑨ m__m   ⑩ t__b

1 o 2 a 3 i 4 e 5 u 6 a 7 e 8 i 9 o 10 u

進階挑戰：如果碰到任何以三個字母拼成的單字，你都能很輕鬆的分辨出字首、字尾及母音的音，那麼任何以此規則構成的單字，你只要會唸，就能拼得出來。這樣一來，我們又怎麼需要背單字呢？

我們現在就來聽聽看音檔中的這些單字，看你是否可以拼得出來？

① _____ ② _____ ③ _____ ④ _____ ⑤ _____

⑥ _____ ⑦ _____ ⑧ _____ ⑨ _____ ⑩ _____

1 hop   2 fun   3 pet   4 hug   5 jet

6 mix   7 nap   8 sob   9 tin   10 van

Are you ready? 我們就要開始進入十天1500字，十天學會自然發音的十大金鑰。

Day

1

第一天

♥ 十大金鑰之一：短母音 ♥

我們第一個要提到的自然發音規則就是短母音（short vowels），也就是我們在前面「三步驟，輕鬆拼出新單字」中所提到的規則。現在我們就再來練習一次。

子音 ＋ 母音 ＋ 子音

 Lynn的發音小秘密

此處的母音指的是a、e、i、o、u，而26個字母中除了這5個字母外，其他21個字母都是子音。以前總覺得bad和bed很像，現在是不是覺得清楚多了呢？a、e的發音位置和方式是很不一樣的，但是對於說中文的我們而言，總覺得它們差不多。所以，放下我們對這兩個音的感覺，只要掌握住發音位置，多唸幾次，你會愈來愈能感覺到它們的不同喔！

 Lynn 的發音小百科

我們會看到符合這個發音規則的單字中，有些字母會重複，但是重複時，我們可不要唸兩次喔！例如：add，就只要唸ad就好了。will、bell、Jeff、bill、well、dull等字也是一樣，我們只要唸wil、bel、Jef、bil、wel、dul。（我們可以看到「l」這個字母經常重複出現喔！）

上述短母音的發音都沒有問題後，大家可以利用書末附的發音卡，照著本章的發音規則，將字母隨意排列，試看看是否每種變化都能夠唸得出來。

　　練習完後，我們再配合插圖，唸出以下318個單字，一邊唸，一邊就可以將這些字記住了。大家也可以跟著音檔多唸幾遍，確認發音是否正確喔！

　　（note：每個單字後皆附註詞性。其中a為形容詞，adv為副詞，n為名詞，prep為介係詞，pn為代名詞，v為動詞。）

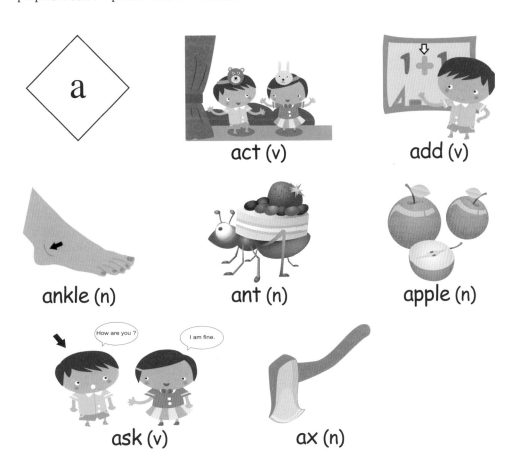

a

act (v)

add (v)

ankle (n)

ant (n)

apple (n)

ask (v)

ax (n)

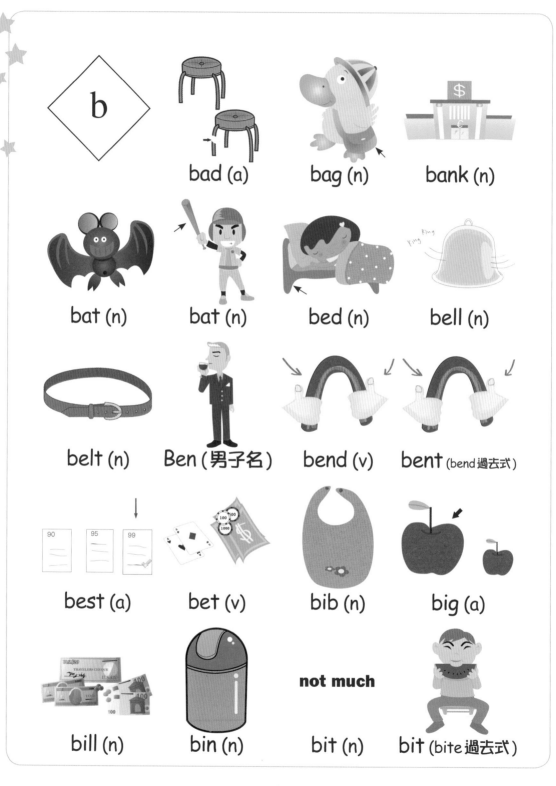

b

bad (a) bag (n) bank (n)

bat (n) bat (n) bed (n) bell (n)

belt (n) Ben (男子名) bend (v) bent (bend 過去式)

best (a) bet (v) bib (n) big (a)

bill (n) bin (n) not much
bit (n) bit (bite 過去式)

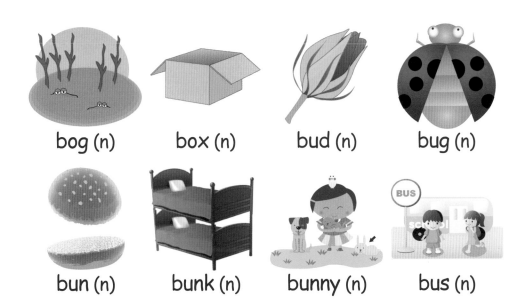

bog (n)   box (n)   bud (n)   bug (n)

bun (n)   bunk (n)   bunny (n)   bus (n)

 buzz

buzz (n)

C   cab (n)   camp (n)   campus (n)

can (n)   candle (n)   candy (n)   cap (n)

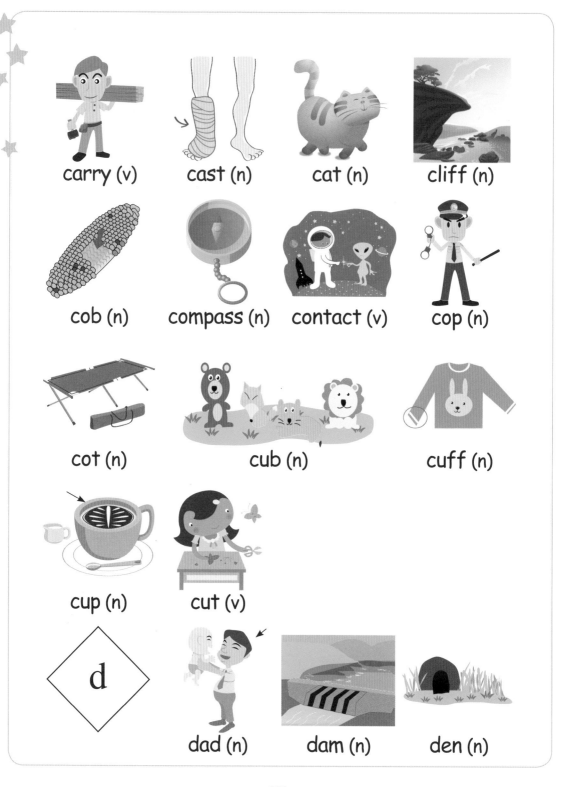

carry (v) cast (n) cat (n) cliff (n)

cob (n) compass (n) contact (v) cop (n)

cot (n) cub (n) cuff (n)

cup (n) cut (v)

d

dad (n) dam (n) den (n)

dentist (n)　　desk (n)　　dig (v)　　dip (v)

disc (n)　　dizzy (a)　　dog (n)　　doll (n)

dot (n)　　dug (dig 過去式)　　dull (a)　　dump (v)

↑
dust (n)

e

egg (n)　　elf (n)　　empty (a)

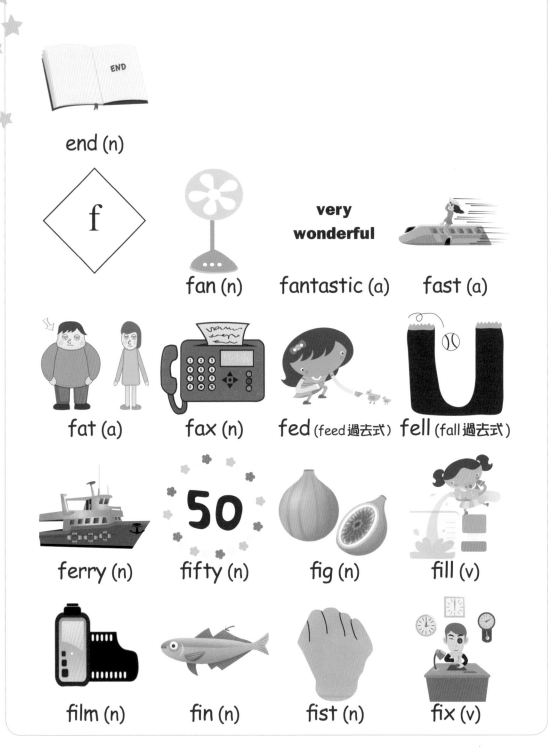

end (n)

f

fan (n)

very
wonderful

fantastic (a)

fast (a)

fat (a)

fax (n)

fed (feed 過去式)

fell (fall 過去式)

ferry (n)

fifty (n)

fig (n)

fill (v)

film (n)

fin (n)

fist (n)

fix (v)

fox (n)　　full (a)　　fun (n)

g

gas (n)　　get up (v)　　gift (n)

gill (n)　　God (n)　　goggles (n)　　got up (get up 過去式)

gum (n)　　gun (n)　　gust (n)

h

ham (n)　　hand (n)　　handcuffs (n)

handle (n) happy (a) hat (n) held hands (hold 過去式)

helmet (n) help (v) hem (n) hen (n)

hid (hide 過去式) hill (n) hips (n) hit (v)

hop (v) hot (a) hotdog (n) hug (v)

hum (v) humble (a) hunt (v)

very very polite

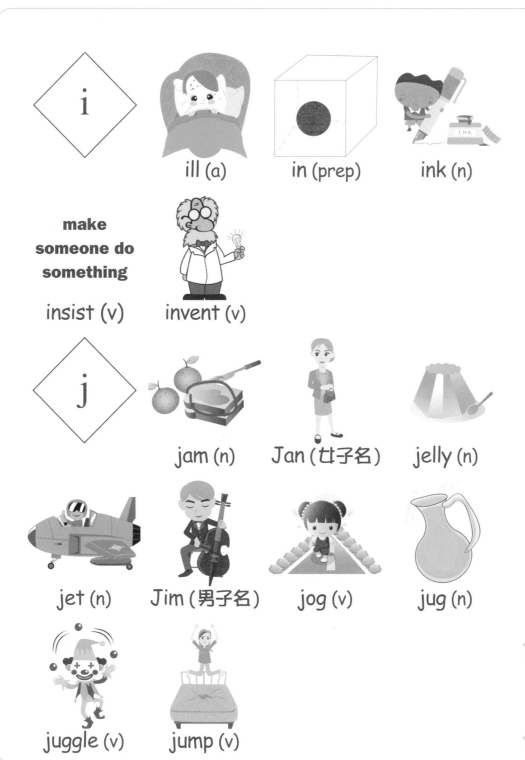

i

ill (a)

in (prep)

ink (n)

make someone do something

insist (v)

invent (v)

j

jam (n)

Jan (女子名)

jelly (n)

jet (n)

Jim (男子名)

jog (v)

jug (n)

juggle (v)

jump (v)

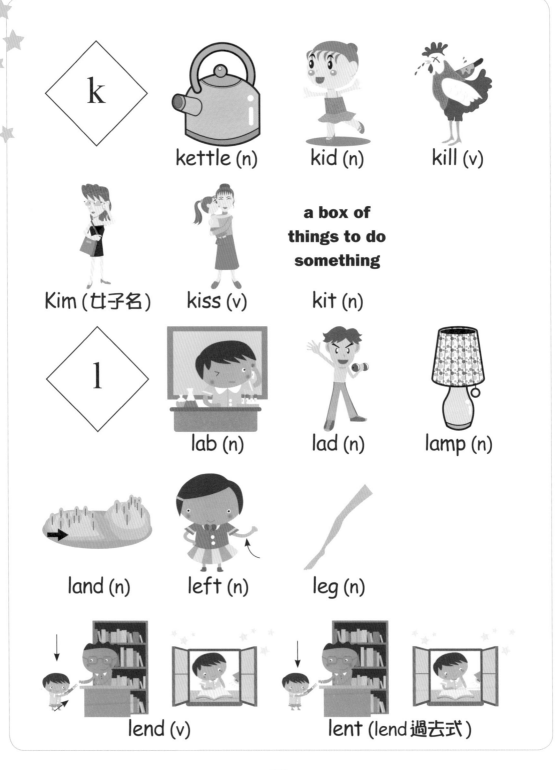

k

kettle (n)

kid (n)

kill (v)

Kim (女子名)

kiss (v)

kit (n)

**a box of
things to do
something**

l

lab (n)

lad (n)

lamp (n)

land (n)

left (n)

leg (n)

lend (v)

lent (lend 過去式)

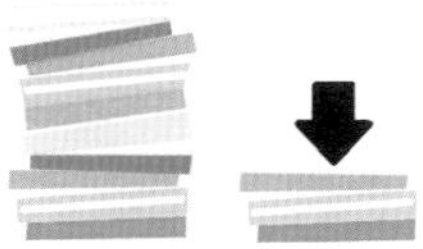

less (a) 　　lid (n) 　　lift (v) 　　lily (n)

to connect

link (v)　　lips (n)　　liquid (n) 　　list (n)

lit (light 過去式) 　　lollipop (n)　　**big amount**

lot (n)

m

mad (a) 　　man (n) 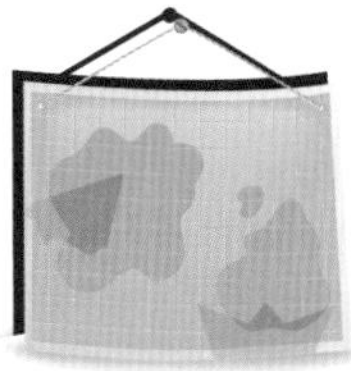　　map (n)

marry (v) 　→　mask (n) 　　mat (n) 　　Max (男子名)

Meg (女子名)　　melt (v)　　men (n)　　mend (v)

met (meet 過去式)　　milk (n)　　mill (n)　　Miss (n)

mitt (n)　　mix (v)　　mom (n)　　monk (n)

mop (v)　　mud (n)　　mug (n)

n　　nap (v)　　napkin (n)　　nest (n)

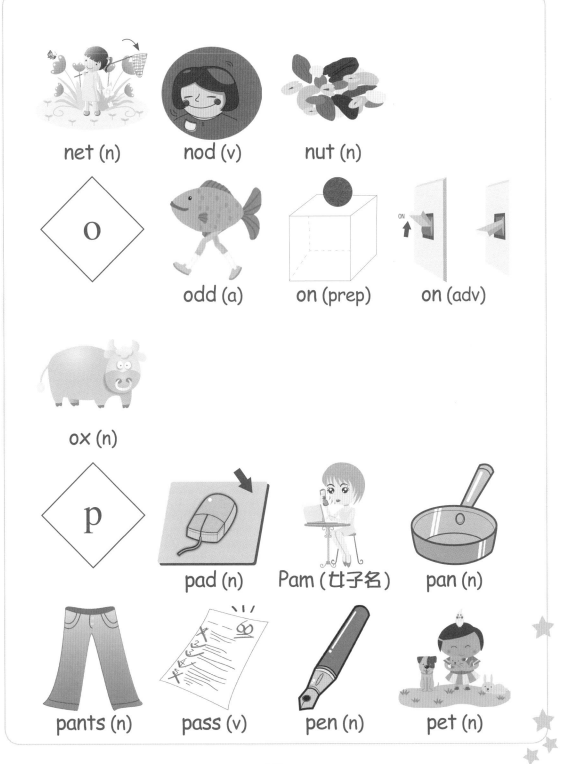

net (n)

nod (v)

nut (n)

o

odd (a)

on (prep)

on (adv)

ox (n)

p

pad (n)

Pam (女子名)

pan (n)

pants (n)

pass (v)

pen (n)

pet (n)

picnic (n)　　pig (n)　　pin (n)　　pink (a)

pit (n)　　pod (n)　　pond (n)　　pop (v)

popsicle (n)　　pot (n)　　puddle (n)　　pump (v)

pumpkin (n)　　pup (n)　　puppet (n)　　puppy (n)

puzzle

q

quill (n)   quilt (n)   quit (v)

r

rabbit (n)   rag (n)   ram (n)

ran (run 過去式)   rat (n)   red (a)   rent (v)

rest (v)   rink (n)   rip (v)   rob (v)

rod (n)   rug (n)   run (v)   rust (a)

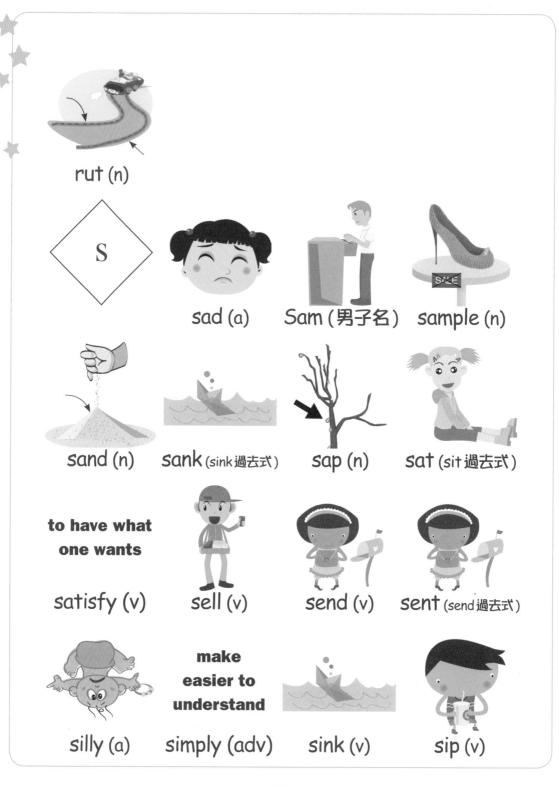

rut (n)

S

sad (a)

Sam (男子名)

sample (n)

sand (n)

sank (sink 過去式)

sap (n)

sat (sit 過去式)

to have what
one wants

satisfy (v)

sell (v)

send (v)

sent (send 過去式)

silly (a)

make
easier to
understand

simply (adv)

sink (v)

sip (v)

sit (v)

six (n)

sixty (n)

sob (v)

sub (n)

subject (n)

sun (n)

sunk
(sink 過去分詞)

sunny (a)

sunset (v)

t

tag (n)

tank (n)

tanktop (n)

tap (v)

something to
do, like wash
the dishes

task (n)

Ted (男子名)

temple (n)

tennis (n)

tent (n)

test (n)

tin (n)

tip (n)

Tom (男子名)

top (n)

topic (n)

what we are talking about

tot (n)

tub (n)

tug (v)

tummy (a)

tusk (n)

u

ugly (a)

unhappy (a)

up (a)

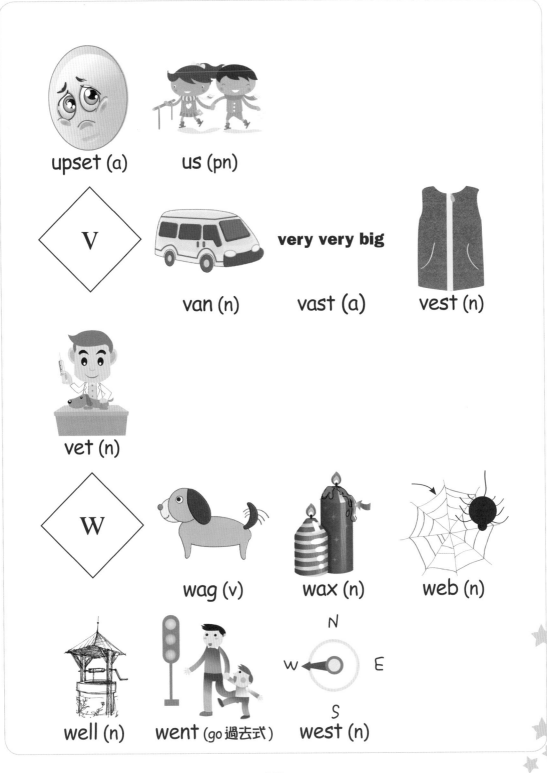

upset (a) us (pn)

V

van (n) very very big vast (a) vest (n)

vet (n)

W

wag (v) wax (n) web (n)

well (n) went (go 過去式) west (n)

wet (a)　　wig (n)　　win (v)　　wind (n)

windy (a)　　wink (v)　　wok (n)　　won (win 過去式)

y

yam (n)　　yell (v)　　yen (n)

yes (adv)　　yet (adv)　　yummy (a)

I am going
to do it,
but not yet

z

Zen (n)　　zigzag (n)　　zip (v)

zit (n)

 三步驟，輕鬆拼出新單字

我們會唸之後，再來要做的就是聽到音可以拼得出單字。只要跟著Lynn活用以下三步驟，肯定沒有單字能難倒你！

步驟一：讓我們跟著音檔，試試看能否聽出以下單字字首的音。請聽音檔，填入下列單字字首的字母。

1 _____ig	2 _____ot	3 _____at	4 _____um
5 _____am	6 _____ob	7 _____id	8 _____eg
9 _____en	10 _____ut	11 _____an	12 _____uiz
13 _____at	14 _____ub	15 _____op	16 _____et
17 _____ok	18 _____et	19 _____ip	20 _____ump

---

1 b	2 d	3 f	4 g	5 h	6 j	7 k	8 l	9 m	10 n
11 p	12 q	13 r	14 s	15 t	16 v	17 w	18 y	19 z	20 d

步驟二：我們可以聽出字首的字母後，再來練習是否能聽出以下單字字尾的音。請聽音檔，填入下列單字字尾的字母。

① bi_____   ② da_____   ③ pe_____   ④ bu_____

⑤ ban_____   ⑥ di_____   ⑦ bu_____   ⑧ no_____

⑨ fo_____   ⑩ ja_____

---

① b   ② d   ③ n   ④ g   ⑤ k   ⑥ p   ⑦ s   ⑧ t   ⑨ x   ⑩ m

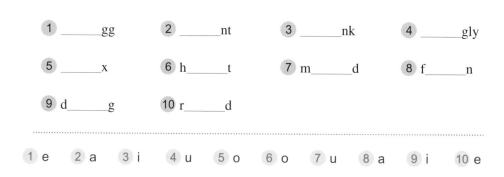

步驟三：字首、字尾都沒有問題後，我們就要進入挑戰度最高的母音。請聽音檔，填入下列單字母音的字母。

① _____gg   ② _____nt   ③ _____nk   ④ _____gly

⑤ _____x   ⑥ h_____t   ⑦ m_____d   ⑧ f_____n

⑨ d_____g   ⑩ r_____d

---

① e   ② a   ③ i   ④ u   ⑤ o   ⑥ o   ⑦ u   ⑧ a   ⑨ i   ⑩ e

進階挑戰：現在我們可以聽得到字首、字尾、母音，也就是任何符合這個規則的字，我們只要會唸就能拼得出來。我們現在就來試試，聽著音檔的發音，是否能拼出下列單字。

①_____   ②_____   ③_____   ④_____

⑤_____   ⑥_____   ⑦_____   ⑧_____

⑨_____   ⑩_____   ⑪_____   ⑫_____

⑬_____   ⑭_____   ⑮_____   ⑯_____

17_____   18_____   19_____   20_____

....

① bad ② end ③ net ④ hop ⑤ if ⑥ lip ⑦ gun ⑧ ask ⑨ up ⑩ pump

⑪ gas ⑫ tub ⑬ fast ⑭ went ⑮ dot ⑯ web ⑰ gift ⑱ sip ⑲ nod ⑳ rub

❤♥❤♥❤♥❤♥❤ Lynn 的發音小百科 ♥❤♥

　　l、r、m、n、y 這幾個字母放在字尾時，和字首時的發音有一些差別。

1. m 和 n 放在字首時，因為需要和母音拼在一起，所以我們有一個 /ə/ 的音，
唸 /mə/ 和 /nə/，但是放在字尾時，就直接唸 /m/ 及 /n/，如 jam 的 m 唸 /m/，
不唸 /mə/，hen 的 n 念 /n/，不念 /nə/。

2. l 在字尾時，發音很接近中文的ㄛ；r 在字尾時，很接近中文的儿。但是正
確發音請參照音檔，因為中文的音畢竟不是英文的音，照中文唸會造成唸
出來的音有台灣腔喔！

3. l 放在字尾時，有時還會加上 e，成為「le」。這個 e 不發音，也就是
「l=le」，例如 handle 的唸法等於 handl，sample 的唸法等於 sampl。

4. y 在字尾時，大部分發 /i/，有些字念 /aɪ/，此處我們先不管發 /aɪ/ 的字。

　　我們再來練習一些 l、r、m、n 及 y 在字尾的辨音，聽音檔看看是哪一個
音。

① unti_____   ② yumm_____   ③ ha_____   ④ fu_____

⑤ pupp_____   ⑥ wel_____   ⑦ ya_____   ⑧ he_____

① l   ② y   ③ m   ④ n   ⑤ y   ⑥ l   ⑦ m   ⑧ n

Lynn的發音武功秘笈

　　我們雖然只學了一個規則，但是符合這個規則的單字就不少。比如有由兩個字母組成的if、in、on、at、ox、ax，到由三個字母組成的cat、pig、red、box，或是由三個字母再加一個子音的jump、lamp、desk、belt、gift。

　　或者以兩組這樣的字加起來，如：sun+set=sunset。也不一定必須是兩組字，也可以不是字，如：con+tact=contact、den+tist=dentist、pic+nic=picnic、pub+lic=public。或甚至是更長的組合字，如fan+tas+tic=fantastic。

　　我們現在就來試試看，是否可以聽到這些複雜變化的單字，並且拼出來。

1 ＿＿＿＿　　2 ＿＿＿＿　　3 ＿＿＿＿　　4 ＿＿＿＿

5 ＿＿＿＿　　6 ＿＿＿＿　　7 ＿＿＿＿　　8 ＿＿＿＿

9 ＿＿＿＿　　10 ＿＿＿＿

1 best　　2 jump　　3 mask　　4 desk　　5 sunset

6 public　　7 dentist　　8 contact　　9 picnic　　10 fantastic

　　所以，我們雖然只學了以短母音a、e、i、o、u放中間，前後各加上一個子音的三個字母組成的規則，但是它卻是千變萬化，可以變出好多單字。我們可以試著去拆解前面所附的318個單字，是不是很有意思呢！

我的筆記欄

Day

2

第二天

十大金鑰之二：長母音之一 ♥

自然發音第二個要練習的規則是長母音（long vowels）。就讓我們開始練習吧！

子音 + a、e、i、o、u + 子音 + e

Lynn的發音小秘密

此處的長母音又叫做silent e，也就是e不發音，但加了e後改變a、e、i、o、u的音，由發字母的音變成字母的名字。

這裡要介紹給大家的長母音是指a＿＿e，e＿＿e，i＿＿e，o＿＿e，u＿＿e。橫線處會放入發子音的字母，當這個子音後面加上e之後，最前頭的母音就會變成唸字母的名字，也就是a＿＿e唸A、e＿＿e唸E、i＿＿e唸I、o＿＿e唸O、u＿＿e唸U（註：大家在書中只要見到大寫字母A、E、I、O、U，就表示此處是唸字母的名，而非音）。

舉例而言：

a＿＿e唸A：hat+e→hate

e＿＿e唸E：pet+e→pete

i＿＿e唸I：win+e→wine

o＿＿e唸O：hop+e→hope

u＿＿＿e唸U：cut+e→cute

是不是很簡單呢？長母音並不是你一定要把音唸得很長，只要你唸的是字母名字的音，就對了！

Lynn 的發音小百科

　　u＿＿＿e唸字母U的名字，但是有些符合此發音規則的單字卻唸/u/（就像zoo的oo）。這就是為什麼我們聽到老一輩的台灣人唸super這個字，是唸字母U的名，但是現在我們是唸/u/的音。

　　在u＿＿＿e的情況中，大部分的字都是唸字母U的音，只有在U之前是字母l、r或t才發/u/，如flute、rule、tube。

長母音發音練習

　　上述長母音的發音都沒有問題後，大家可以利用書末附的發音卡，照著本章的發音規則，將字母隨意排列，試看看是否每種變化都可以唸得出來。

　　練習完後，我們再配合插圖，唸出以下146個單字，一邊唸，一邊就可以將這些字記住了。大家也可以跟著音檔多唸幾遍，確認發音是否正確喔！

a

ape (n)

ate (eat 過去式)

b

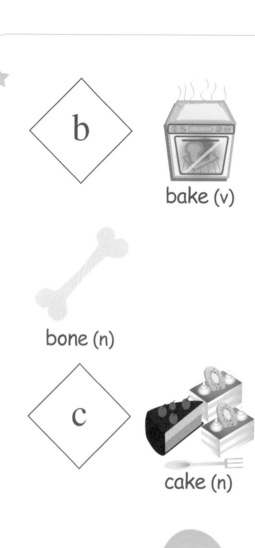

bake (v)   bike (n)   bite (v)

bone (n)

c

cake (n)   cane (n)   cape (n)

a box   a set of rules

case (n)   cave (n)   code (n)   coke (n)

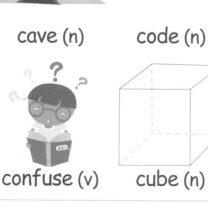

cone (n)   confuse (v)   cube (n)   cute (n)

d

date (n)

Dave (男子名)

US 10 cents

dime (n)

dine (v)

dive (v)

dome (n)

dove (dive 過去式)

a man

dude (n)

dune (n)

to trick

dupe (v)

e

whole

entire (adj)

Eve (女子名)

f

fade (v)

**everyone
knows**

fame (n)

fever (n)

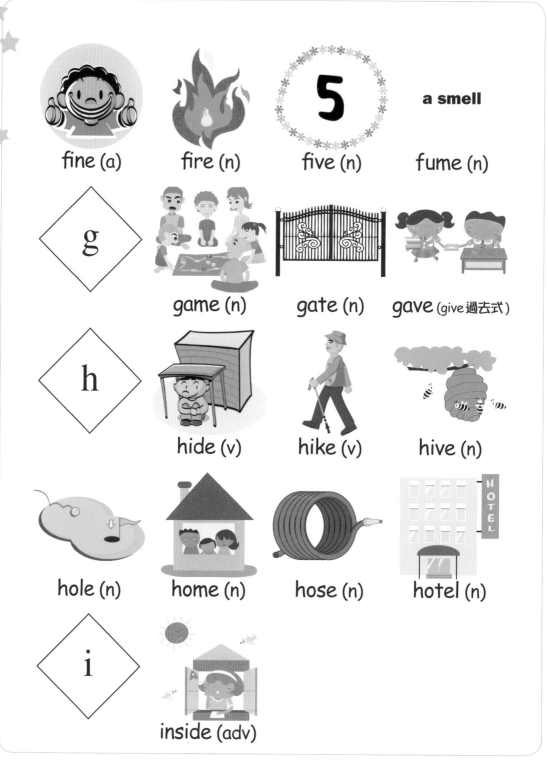

fine (a) fire (n) **5** five (n) **a smell** fume (n)

g game (n) gate (n) gave (give 過去式)

h hide (v) hike (v) hive (n)

hole (n) home (n) hose (n) hotel (n)

i inside (adv)

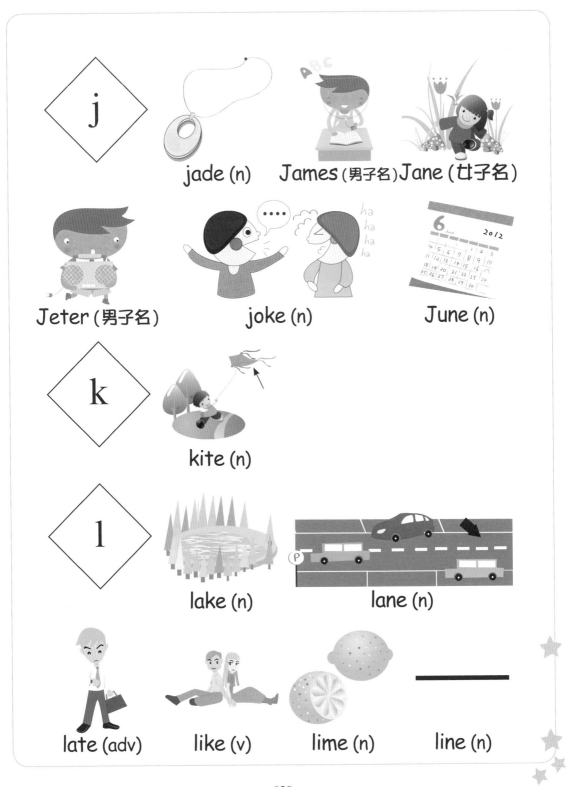

j

jade (n)　James (男子名)　Jane (女子名)

Jeter (男子名)　joke (n)　June (n)

k

kite (n)

l

lake (n)　lane (n)

late (adv)　like (v)　lime (n)　line (n)

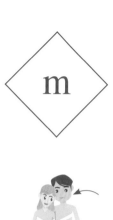

m

made (make 過去式)

make (v)

make up (n)

male (n)

mane (n)

1m=100cm

meter (n)

Mike (男子名)

**1 mile =
1.6 km**

mile (n)

**something
I have**

mine (pn)

**a way to do
something**

mode (n)

mole (n)

feel bad

mope (v)

motel (n)

mule (n)

think deeply

muse (v)

mute (a)

n

name (n)   nine (n)   ninety (n)

nose (n)   note (n)   note (n)   nude (a)

p

pale (n)   Pete (n)   pile (n)

pine (n)   pineapple (n)   pipe (n)   pipe (n)

poke (v)   pole (n)   a small horse   pope (n)

pony (n)

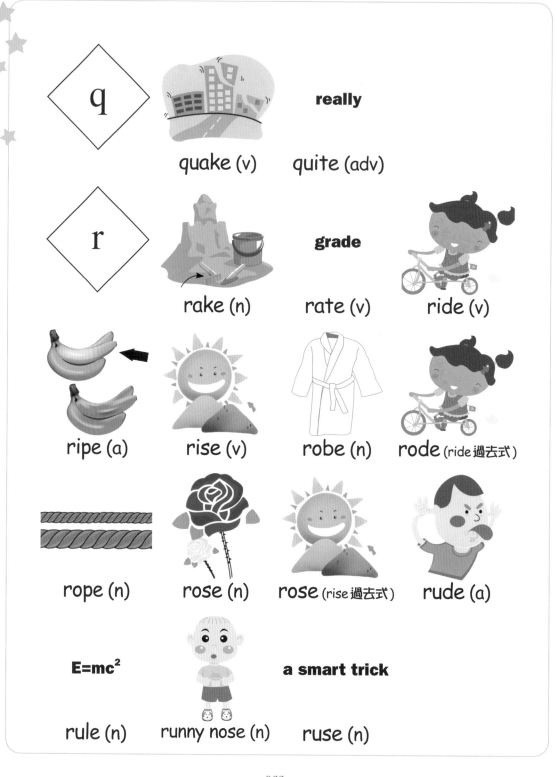

q

really

quake (v)　　quite (adv)

r

grade

rake (n)　　rate (v)　　ride (v)

ripe (a)　　rise (v)　　robe (n)　　rode (ride 過去式)

rope (n)　　rose (n)　　rose (rise 過去式)　　rude (a)

E=mc² 　　a smart trick

rule (n)　　runny nose (n)　　ruse (n)

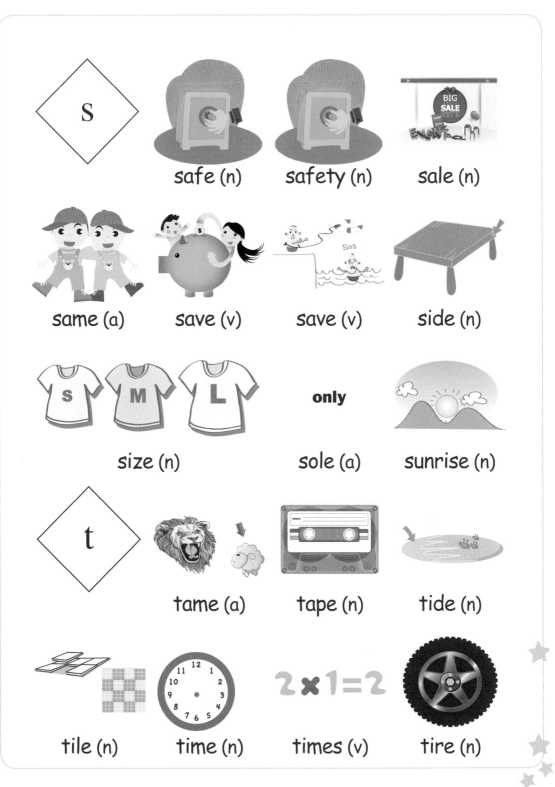

safe (n) safety (n) sale (n)

same (a) save (v) save (v) side (n)

size (n) sole (a) sunrise (n)

only

tame (a) tape (n) tide (n)

tile (n) time (n) times (v) tire (n)

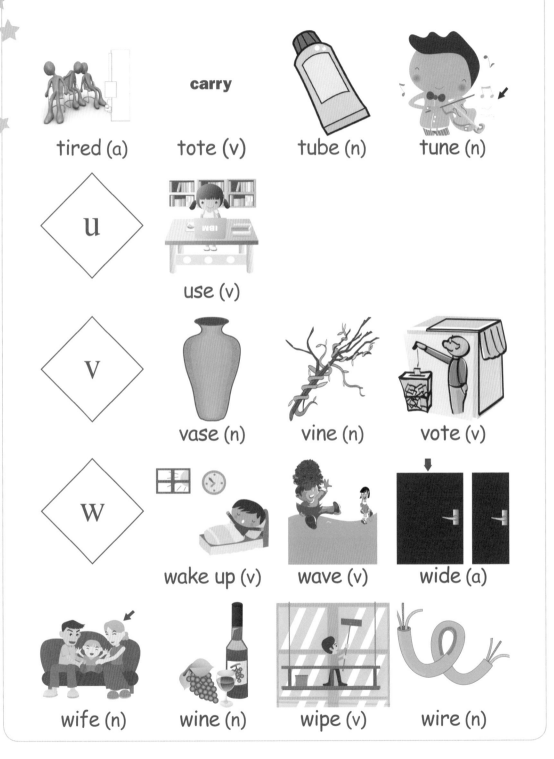

tired (a)   tote (v)   tube (n)   tune (n)

carry

u

use (v)

v

vase (n)   vine (n)   vote (v)

w

wake up (v)   wave (v)   wide (a)

wife (n)   wine (n)   wipe (v)   wire (n)

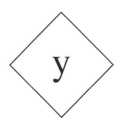

wise (a) woke up (wake up 過去式)

y a name shows surprise

Yale (n) yikes (n)

 三步驟，輕鬆拼出新單字

　　我們會唸之後，再來要做的就是聽到音可以拼得出單字。只要跟著Lynn活用以下三步驟，肯定沒有單字能難倒你！

步驟一：讓我們跟著音檔，試試看能否聽出以下單字字首的音。請聽音檔，填入下列單字字首的字母。

1 ＿＿＿＿ate 2 ＿＿＿＿ipe 3 ＿＿＿＿ete 4 ＿＿＿＿ule

5 ＿＿＿＿ole 6 ＿＿＿＿one 7 ＿＿＿＿une 8 ＿＿＿＿ate

9 ＿＿＿＿ever 10 ＿ ＿ake 11 ＿＿＿＿ite 12 ＿＿＿＿ine

13 ＿＿＿＿ose 14 ＿＿＿＿ife 15 ＿＿＿＿une 16 ＿＿＿＿uke

17 ＿＿＿＿ave 18 ＿＿＿＿ule 19 ＿＿＿＿ase 20 ＿＿＿＿oke

1 g 2 w 3 p 4 m 5 h 6 b 7 J 8 l 9 f 10 qu

11 k　　12 p　　13 n　　14 l　　15 t　　16 d　　17 s　　18 r　　19 v　　20 y

步驟二：我們可以聽出字首的字母後，再來練習是否能聽出以下單字字尾的音。請聽音檔，填入下列單字字尾的字母。

1 fi_____e　　2 cu_____e　　3 ho_____e　　4 ti_____y

5 pa_____e　　6 ba_____e　　7 ga_____e　　8 du_____e

9 ro_____e　　10 no_____e　　11 Ka_____e　　12 jo_____e

13 wi_____e　　14 qua_____e　　15 ti_____e　　16 li_____e

17 mi_____e　　18 la_____e　　19 wa_____e　　20 si_____e

....

1 v　　2 b　　3 p　　4 d　　5 l　　6 s　　7 m　　8 n　　9 d　　10 t

11 t　　12 k　　13 r　　14 k　　15 r　　16 f　　17 l　　18 n　　19 v　　20 z

步驟三：字首、字尾都沒有問題後，我們就要進入挑戰度最高的母音。請聽音檔，填入下列單字母音的字母。

1 ____p____　　2 s____d____　　3 ____v____　　4 m____t____

5 m____t____r　　6 h____m____　　7 ____s____　　8 w____d____

9 t____b____　　10 c____s____　　11 P____t____　　12 d____m____

13 ____t____　　14 p____l____　　15 k____t____　　16 g____v____

17 f____v____r　　18 j____d____　　19 v____n____　　20 c____t____

....

1 a_e　　2 i_e　　3 E_e　　4 u_e　　5 e_e

6 o_e	7 u_e	8 i_e	9 u_e	10 a_e
11 e_e	12 o_e	13 a_e	14 o_e	15 i_e
16 a_e	17 e_e	18 a_e	19 i_e	20 u_e

進階挑戰：現在我們可以聽得到字首、字尾、母音，也就是任何符合這個規則的字，我們只要會唸就能拼得出來。我們現在就來試試，聽著音檔的發音，是否能拼出下列單字。

1 _____	2 _____	3 _____	4 _____
5 _____	6 _____	7 _____	8 _____
9 _____	10 _____	11 _____	12 _____
13 _____	14 _____	15 _____	16 _____
17 _____	18 _____	19 _____	20 _____

1 jade	2 vote	3 dome	4 bake	5 vase
6 zone	7 hive	8 mole	9 pile	10 wire
11 fire	12 ate	13 inside	14 invite	15 nude
16 date	17 eve	18 confuse	19 quote	20 safe

 Lynn 的發音小百科

　　我們在第一天的內容中曾提到有些單字裡會出現重複字母，但主要都是出現在字尾，如 add、mill、dull 等字。但是我們並未提到，如 yummy、hobby、rabbit、carry 這些單字，為什麼會重複字母？

　　例如，big 的比較級 bigger 要重複「g」，就是因為若不重複 g，會拼成 biger，會成了 i____e 唸 /aɪ/，而不唸 /ɪ/；thinner 若不重複「n」，就會變成 thiner，唸 /aɪ/。

　　過去式也是一樣。hop 的過去要重複 p，寫成 hopped，否則就成了 hope 的過去式 hoped。

　　所以同理可證，我們來看看如果不重複字母會造成什麼後果。以 rabbit 而

言，如果少一個b成了rabit，a和i中隔一個子音，雖然它不是a＿＿e，但是它和a＿＿e一樣，基本上只要母音接子音再接母音，前頭的母音就會變成唸字母的名字，而非聲音。所以在a和i中間加一個b，將a和i分開，才不會變成發長母音a＿＿e的音。yummy、hobby和carry都是一樣的道理。

Lynn的發音武功祕笈

　　到目前為止，我們雖然只學了兩個規則，但是大多數單字的組成主要以這兩個規則為主。就如同第一天的武功祕笈中提到，有許多單字是由兩組三個字母的短母音所構成，如：sun+set＝sunset。或是兩個字母的短母音，再加上三個字母的短母音，如：in+sis+t＝insist。而長母音也是一樣，它更常和短母音結合在一起，如in+vite＝invite、in+side＝inside。

　　我們在每天的武功祕笈中，都會教大家如何將學過的規則混搭，每多學一個規則就和上一個規則結合。因此，第一，學過的規則不會忘；第二，混搭之後千變萬化，學到的字就更多；第三，每天一點一點的往上搭，完全不覺得在記規則。

　　玩英文單字其實就該大膽一點，許多字就是這樣組合而成，而這些組合的字組本身不需要是單字，如con+fuse中的fuse本身是單字，但是con不是單字。

　　因此，我們在練習三個字母構成的短母音及四個字母構成的長母音時，絕對不要只練習字，要各種組合都練習。我們可以多利用書末所附的發音卡，盡量隨意組合練習。例如com不是字，pute也不是字，但是湊起來再加個r，就是computer。另外，feve、mete也不是字，但是加個r之後，就成了fever、meter。

　　三個字母的短母音規則，加上四個字母的長母音規則，就隱身在很多很長的單字裡喔！例如sale+s+man成了salesman。所以大家熟練了這兩個規則後，大概有一大半的字都不用擔心了。

我的筆記欄

Day
3

第 三 天

♥ 十大金鑰之三：複合子音 ♥

連續練習了兩天的母音，接下來我們要練習八個複合子音（consonant digraphs）。此處的子音是指 sh/ʃ/、ch/tʃ/、ck/k/、ng/ŋ/、wh/w/、ph/f/、th/θ/ 和 /ð/。先熟悉這些複合子音後，再依照下面兩個規則來套用。

複合子音/子音 ＋ a、e、i、o、u ＋ 複合子音/子音

複合子音 ＋ a、e、i、o、u ＋ 子音 ＋ e

 Lynn的發音小秘密

　　此八個複合子音，包括：sh、ch、ck、ng、wh、ph、th（th有兩種發音）。它們分別由兩個子音組成，但它們的發音卻幾乎和原本組成的子音毫無關係。

1. Sh：發 /ʃ/。
2. ch：發 /tʃ/。
3. ck：c唸/k/，k也唸/k/，ck合在一起，還是唸/k/。這是這八個複合子音中，唯一發出的音和原本組成的子音是一樣的。
4. ng：發 /ŋ/。

5. wh：這個音，四五年級生都唸/hw/，學校偶爾有老師仍是教/hw/，但如果我們注意聽外國人說話，他們通常是發/w/的音。我和不少外國人討論過，有些人完全聽不出/hw/和/w/的差別（但是他們發音時都唸/w/）。其他則是覺得/hw/聽起來很奇怪，但不知怪在哪裡。多年來，我只聽過一個外國人確定自己是發/hw/的音。

6. ph：這個音，在此處我們只先教一種發音。99%的情況下，ph發的音和字母f一樣是/f/。

7. th：這個音是我們最不會發的音，因為中文沒有需要伸舌頭的音，而伸出舌頭的動作又常讓人覺得噁心，所以很多學生發th的音時，很像/s/或/f/或/l/。th有兩種發音，一是有聲的/ð/，一是無聲的/θ/。

基本上，兩者的發音方式都是伸出舌頭，置於上下牙齒之間輕輕咬住，振動聲帶則為有聲，不振動聲帶則為無聲。如果我們不知道這個複合子音是發有聲或無聲，唸唸看就知道了。例如：this，有聲的/ð/和無聲的/θ/各唸一次，就會知道，無聲的/θ/唸出來時，不是我們平時唸this的音。再如thin這個字，我們一樣做法，有聲、無聲都唸一次，就會發現有聲/ð/唸起來很不對勁。大家也來試看看吧！

因為我們希望正確的學習語言方式是先聽、再說、再讀、再寫，所以基本上每個讀到的字，我們都已經會聽和說了。因此，你可以判別你讀到的th該發哪個音。也就是說，在學會這個技巧後，就算你碰到任何未學過包含th的單字，你一聽就能分辨出這個th發哪個音。

 Lynn 的發音小百科

1. Sh 這個音可以放字首和字尾。
2. ch 這個音也是字首和字尾均會出現。
3. ck 這個音一般都放在字尾，偶爾出現在字中，為的是隔開母音。
4. ng 這個音一般較常放在字尾。
5. wh 這個音一般都放在字首。
6. ph 這個音字首和字尾都會出現。
7. Th 這個音也是字首和字尾均會出現。

 複合子音發音練習

　　上述複合子音的發音都沒有問題後，大家可以利用書末附的發音卡，照著今天教的兩種發音規則，將字母隨意排列，試看看是否每種變化都能唸得出來。

　　練習完後，我們再配合插圖，唸出以下129個單字，一邊唸，一邊就可以將這些字記住了。大家也可以跟著音檔多唸幾遍，確認發音是否正確喔！

sh

cash (n)　　　　dash (v)

run very fast

dish (n)　　fish (n)　　fishing (v)　　gift shop (n)

 jellyfish (n)

 pet shop (n)

 rash (n)

 rush (v)

 shade (n)

 shake (v)

 shame (n)

 shape (n)

 shelf (n)

**only think of
one's self**

selfish (a)

 shell (n)

 shellfish (n)

 shine (v)

 ship (n)

 shop (v)

 shot (v)

 shrimp (n)

 wish (v)

ch

bench (n)   chase (v)   chat (v)

check (v)   cherry (n)   chess (n)   chest (n)

chime (n)   chin (n)   chip (n)   chocolate (n)

chop (v)   chubby (a)   hot chocolate (n)

1 inch = 2.54 cm

inch (n)

lunch (n)   munch (v)   pinch (v)   punch (v)

rich (a)　　sandwich (n)

ck

back (n)　　backpack (n)　　chick (n)

Chuck (男子名)　　duck (n)　　homesick (a)　　jack (n)

kick (v)　　lick (v)　　lock (n)　　luck (n)

lucky (a)　　neck (n)　　Nick (男子名)　　pack (v)

pick (v)   quack (v)   quick (a)   rock (n)

rock (v)   sack (n)   shock (n)   sick (a)

socks (n)   suck (v)   tick (n)

ng

bang (v)   ding-dong (n)   dumpling (n)

fang (n)   hang (v)   Hong Kong (n)   hung (hang 過去式)

lung (n)

gone

missing (v)

ping-pong (n)

rang (ring 過去式)

ring (n)

ring (v)

rung (ring 過去分詞)

sang (sing 過去式)

sing (v)

sung (sing 過去分詞)

wedding (n)

wing (n)

wh

whale (n)

hit

whack (v)

what time

when (adv)

choose from
a list

which (pn)

at the same
time

while (c)

a sudden
thought

whim (n)

whip (n)

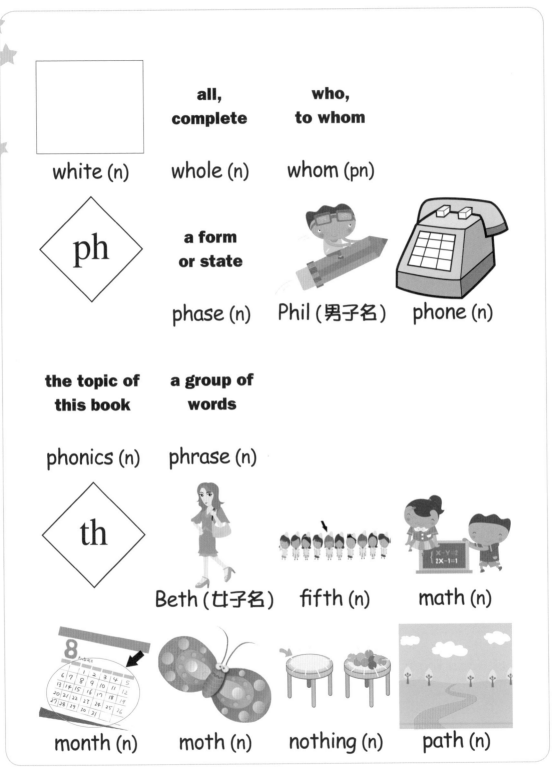

white (n)

**all,
complete**

whole (n)

**who,
to whom**

whom (pn)

ph

**a form
or state**

phase (n)

Phil (男子名)

phone (n)

**the topic of
this book**

phonics (n)

**a group of
words**

phrase (n)

th

Beth (女子名)

fifth (n)

math (n)

month (n)

moth (n)

nothing (n)

path (n)

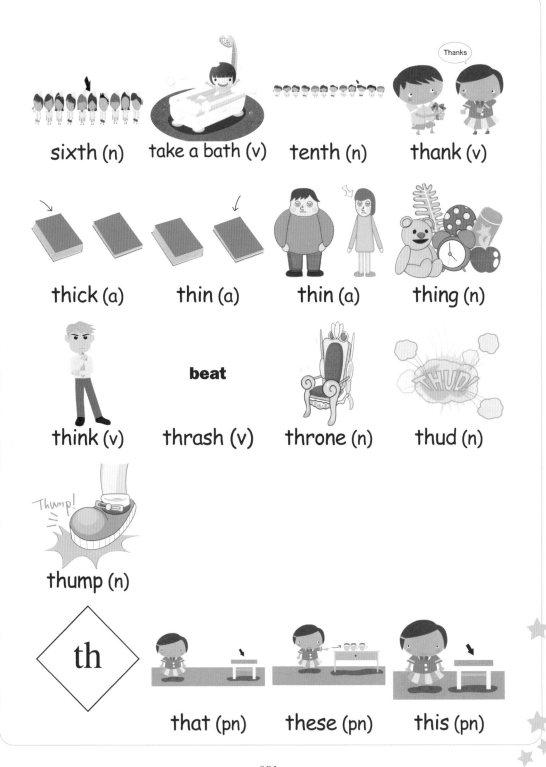

sixth (n)   take a bath (v)   tenth (n)   thank (v)

thick (a)   thin (a)   thin (a)   thing (n)

think (v)   thrash (v)   throne (n)   thud (n)

thump (n)

th   that (pn)   these (pn)   this (pn)

those (pn)

三步驟，輕鬆拼出新單字

　　我們會唸之後，再來要做的就是聽到音可以拼得出單字。只要跟著Lynn活用以下三步驟，肯定沒有單字能難倒你！

步驟一：讓我們跟著音檔，試試看能否聽出以下單字字首的音。請聽音檔，填入下列單字字首的字母。

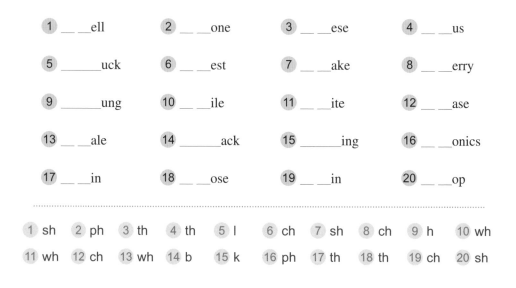

1 ＿ ＿ell	2 ＿ ＿one	3 ＿ ＿ese	4 ＿ ＿us
5 ＿＿＿uck	6 ＿ ＿est	7 ＿ ＿ake	8 ＿ ＿erry
9 ＿＿＿ung	10 ＿ ＿ile	11 ＿ ＿ite	12 ＿ ＿ase
13 ＿ ＿ale	14 ＿＿＿ack	15 ＿＿＿ing	16 ＿ ＿onics
17 ＿ ＿in	18 ＿ ＿ose	19 ＿ ＿in	20 ＿ ＿op

1 sh　2 ph　3 th　4 th　5 l　6 ch　7 sh　8 ch　9 h　10 wh
11 wh　12 ch　13 wh　14 b　15 k　16 ph　17 th　18 th　19 ch　20 sh

步驟二：我們可以聽出字首的字母後，再來練習是否能聽出以下單字字尾的音。請聽音檔，填入下列單字字尾的字母。

1 lo___ ___   2 ben___ ___   3 lun_____   4 puni___ ___

5 li___ ___   6 fi___ ___   7 ne___ ___   8 wi___ ___

9 ba_____   10 Phi_____   11 whe___ ___   12 sa___ ___

13 whi___ ___   14 pa___ ___   15 di___ ___   16 wi___ ___

17 ma___ ___   18 ri___ ___   19 ru___ ___   20 su___ ___

....

1 ck   2 ch   3 ch   4 sh   5 ck   6 sh   7 ck   8 ng   9 th   10 l

11 n   12 ng   13 ch   14 th   15 sh   16 sh   17 th   18 ch   19 sh   20 ch

步驟三：字首、字尾都沒有問題後，我們就要進入挑戰度最高的母音。請聽音檔，填入下列單字母音的字母。

1 sh_____p   2 ch_____p   3 ch_____m___   4 s_____ck

5 b_____ng   6 sh_____p_____   7 r_____ng   8 d_____ck

9 r_____ck   10 sh_____n_____   11 s_____ng   12 wh_____n

13 sh_____t   14 sh_____t   15 sh_____d   16 th_____s

17 w_____th   18 wh_____l_____   19 ch_____ss   20 m_____nch

....

1 i   2 o   3 i_e   4 i   5 a   6 a_e   7 i   8 u   9 o   10 i_e

11 a   12 e   13 u   14 o   15 e   16 i   17 i   18 i_e   19 e   20 u

進階挑戰：現在我們可以聽得到字首、字尾、母音，也就是任何符合這個規則的字，我們只要會唸就能拼得出來。我們現在就來試試，聽著音檔的發音，是否能拼出下列單字。

1 _____	2 _____	3 _____	4 _____
5 _____	6 _____	7 _____	8 _____
9 _____	10 _____	11 _____	12 _____
13 _____	14 _____	15 _____	16 _____
17 _____	18 _____	19 _____	20 _____
21 _____	22 _____		

1 which　2 sandwich　3 shelf　4 shock　5 ring　6 thing

7 shop　8 homesick　9 nothing　10 backpack　11 chick　12 sock

13 this　14 rich　15 lung　16 thank　17 check　18 dish

19 shrimp　20 finish　21 thin　22 these

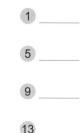 Lynn的發音武功秘笈

　　很多教自然發音或拼字的書，教了一個規則以後，不外乎會附上很多例字讓學生練習。這些書雖然列了一長串和此規則有關的單字，卻忽略了這些字的組成是否還包含了其他尚未學過的規則，使得大部分的學生因此卻步，無法正確發音。

　　另一種教法則是只舉只含該規則的單字，此做法又會造成學生不會靈活應用，容易規則背過又忘。

　　Lynn教自然發音的最大特色，就是每學一個新規則，一定會再搭配舊規則。所以我們可以漸漸的由兩個、三個字母組成的字，一直到很長的字，都會唸、都會拼。而包含尚未學到的規則的單字，我們則暫不舉例，以免造成大家學習的困擾。

　　例如，我們學了sh的音之後，除了練習sh放在字首、後面搭配短母音的單

字（如ship），以及sh放在字尾、前面搭配短母音的單字（如fish），我們也要練習sh和長母音搭配的單字（如shape、shine）。此外，我們也會做其他組合搭配，如sel+fish=selfish。但因為我們還沒學到ee的發音，所以就不舉sheep這個單字。同理，ar尚未學到，所以我們同樣不會列舉sharp這個字。

我的筆記欄

第四天

♥ 十大金鑰之四：長母音之二 ♥

練習完了子音之後，我們再回來母音的部分。這些母音分別是 ai /e/、ay/e/、ee/i/、ea/i/、ey/i/、ie/aI/、oe/o/、oa/o/、ow/o/、ue/(j)u/、ui/(j)u/。先熟悉這些長母音後，再依照下面規則來套用。

子音/複合子音 ＋ 長母音 ＋ 子音/複合子音

 Lynn的發音小祕密

　　在第二天中，我們學到了長母音的發音規則：字母 a、e、i、o、u，隔一個子音後再加 e，唸字母的名字 A、E、I、O、U。這些長母音稱為 silent E（安靜的 E），也就是 E 乖乖的站在子音後面不出聲。

　　今天要學的長母音和第二天一樣是發 A、E、I、O、U 的音，它們被稱為 polite vowels（客氣的母音），也就是兩個母音連在一起，但是後面的母音也完全沒出聲，只是很客氣的站在後面。

　　silent E 和 polite vowels 的組合分別是：

silent E	a___e	e___e	i___e	o___e	u___e
polite	ai	ee	ie	oe	ue
vowels	ay	ea		oa	ui
		ey		ow	
發音	A	E	I	O	U

（註：ow 中的 w 是例外，它不是母音）

我們現在已經很清楚長母音如何發音，以前老覺得 ship 和 sheep 發音差不多，現在是不是覺得清楚多了呢？

此處的 ue、ui 和長母音的 u＿＿＿e 一樣，有時候發字母 U 的名字，有時候發 too 的 /u/，只是 u＿＿＿e 大部分都發字母 U 的名字，而 ue、ui 則大部分發 too 的 /u/ 的音。有些字，例如 Tuesday，則 /ju/ 和 /u/ 都有人說。

 長母音發音練習

上述長母音的發音都沒有問題後，大家可以利用書末附的發音卡，照著今天教的發音規則，將字母隨意排列，試看看是否每種變化都能夠唸得出來。

練習完後，我們再配合插圖，唸出以下 137 個單字，一邊唸，一邊就可以將這些字記住了。大家也可以跟著音檔多唸幾遍，確認發音是否正確喔！

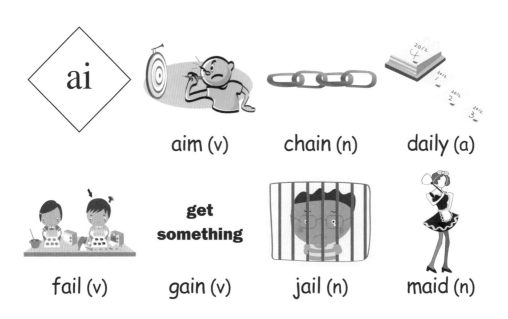

ai

aim (v) chain (n) daily (a)

fail (v) gain (v) jail (n) maid (n)

get something

most important

main (a) mail (n) mail (v) mail box (n)

mailman (n) nail (n) pail (n) pain (n)

paint (v) paint (v) rain (n) rainy (a)

sail (v) tail (n) waist (n) wait (v)

ay day (n) hay (n) jay (n)

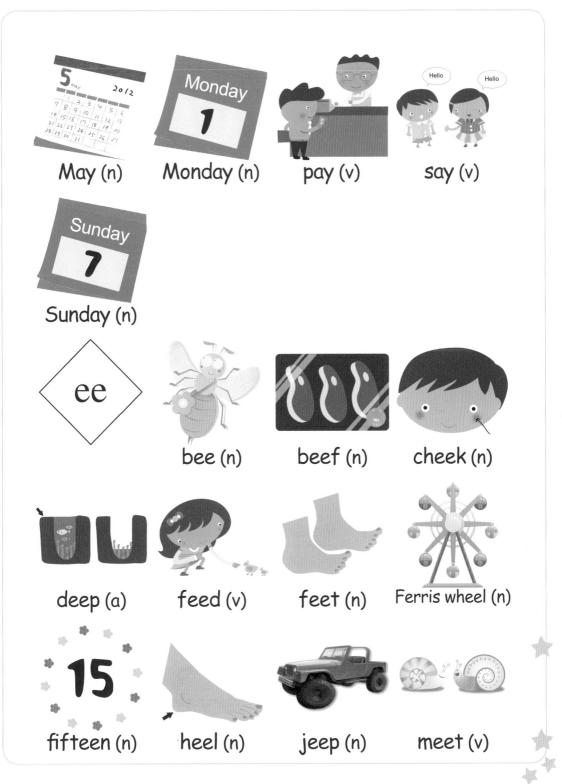

May (n)

Monday (n)

pay (v)

say (v)

Sunday (n)

ee

bee (n)

beef (n)

cheek (n)

deep (a)

feed (v)

feet (n)

Ferris wheel (n)

fifteen (n)

heel (n)

jeep (n)

meet (v)

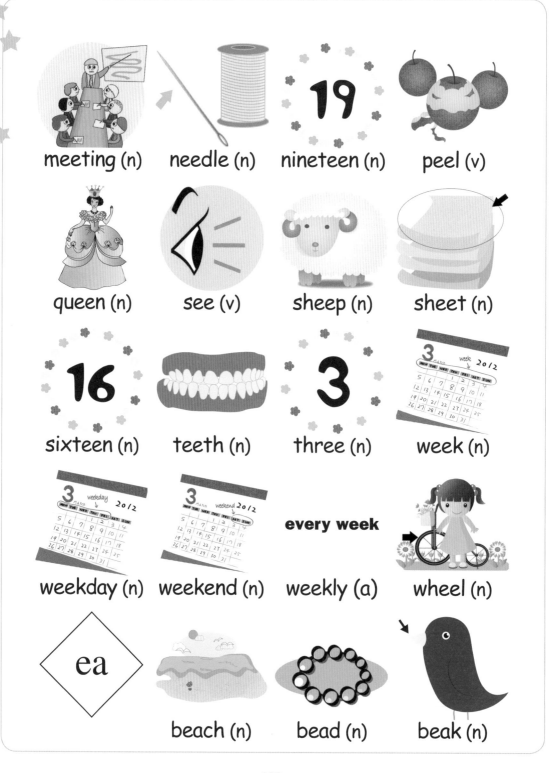

meeting (n)　　needle (n)　　nineteen (n)　　peel (v)

queen (n)　　see (v)　　sheep (n)　　sheet (n)

sixteen (n)　　teeth (n)　　three (n)　　week (n)

weekday (n)　　weekend (n)　　weekly (a)　　wheel (n)

ea

beach (n)　　bead (n)　　beak (n)

beat (v)

cheap (a)

eagle (n)

east (n)

easy (a)

eat (v)

heat (v)

jeans (n)

leaf (n)

meat (n)

pea (n)

peach (n)

peak (n)

reach (v)

read (v)

not imagined

real (a)

sea (n)

seal (n)

seat (n)

seaweed (n)   tea (n)   teach (v)

team (n)   teapot (n)   wheat (n)

ey

chimney (n)   disc jockey (n)   donkey (n)

key (n)   key chain (n)   monkey (n)

ie

die (v)   lie (v)   lie (v)

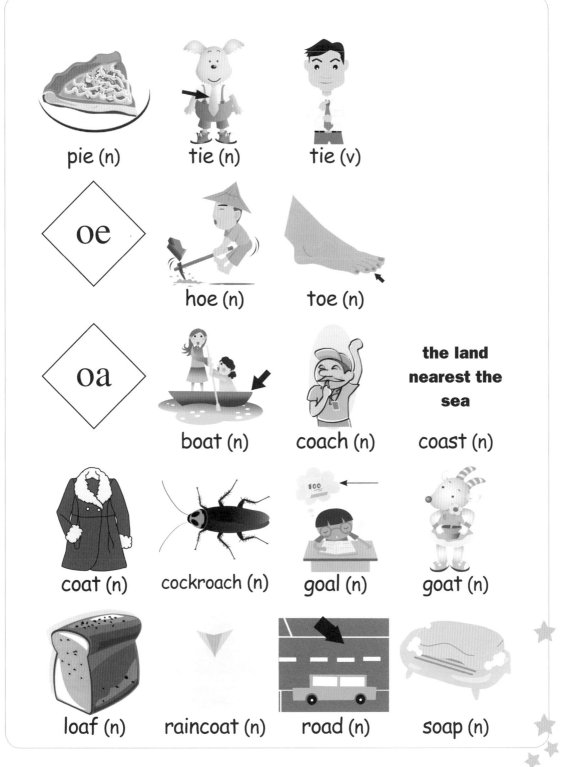

pie (n)   tie (n)   tie (v)

oe   hoe (n)   toe (n)

oa   boat (n)   coach (n)   the land nearest the sea

coast (n)

coat (n)   cockroach (n)   goal (n)   goat (n)

loaf (n)   raincoat (n)   road (n)   soap (n)

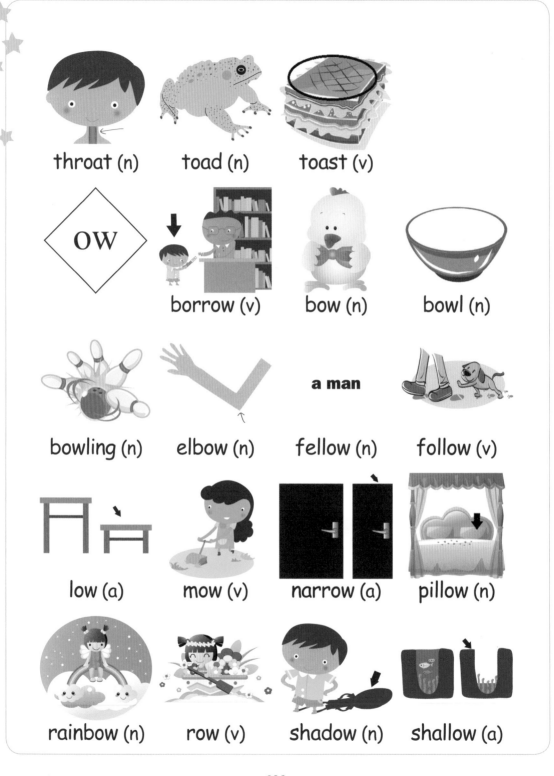

throat (n)   toad (n)   toast (v)

OW   borrow (v)   bow (n)   bowl (n)

bowling (n)   elbow (n)   a man   fellow (n)   follow (v)

low (a)   mow (v)   narrow (a)   pillow (n)

rainbow (n)   row (v)   shadow (n)   shallow (a)

show (n)　　throw (v)　　window (n)　　yellow (a)

ue

do it some more

continue (v)　Tuesday (n)

ui

suit (n)　　suitcase (n)

 三步驟，輕鬆拼出新單字

　　我們會唸之後，再來要做的就是聽到音可以拼得出單字。只要跟著Lynn活用以下三步驟，肯定沒有單字能難倒你！

步驟一：讓我們跟著音檔，試試看能否聽出以下單字字首的音。請聽音檔，填入下列單字字首的字母。

① _____ail　　② __ __eep　　③ _____ey　　④ _____ie

⑤ __ __eet　　⑥ __ __eel　　⑦ __ __ain　　⑧ __ __ree

9 _____oe   10 _____uit   11 _____ue   12 __ _row

13 _____ay   14 _____eal   15 _____ay   16 _____ain

17 _____ay   18 __ _eap   19 __ _roat   20 __ _eat

....

1 s   2 sh   3 k   4 t   5 sh   6 wh   7 ch   8 th   9 t   10 s

11 d   12 th   13 p   14 m   15 s   16 p   17 d   18 ch   19 th   20 wh

步驟二：我們可以聽出字首的字母後，再來練習是否能聽出以下單字字尾的音。請聽音檔，填入下列單字字尾的字母。

1 bea__ __   2 tee__ __   3 ai_____   4 bow_____

5 due_____   6 quee_____   7 tea__ __   8 pea__ __

9 rui_____   10 fue_____   11 loa_____   12 coa__ __

13 eas_____   14 rai_____   15 soa_____   16 toas_____

17 coas_____   18 hea_____   19 leas_____   20 rea__ __

....

1 ch   2 th   3 m   4 l   5 l   6 n   7 ch   8 ch   9 n   10 l

11 f   12 ch   13 t   14 n   15 p   16 t   17 t   18 l   19 t   20 ch

步驟三：字首、字尾都沒有問題後，我們就要進入挑戰度最高的母音。請聽音檔，填入下列單字母音的字母。

1 w__ __   2 l__ __   3 S__ __   4 l__ __

5 t__ __   6 r__ __n   7 d__ __   8 f__ __t

9 t__ __   10 s__ __t   11 s__ __   12 m__ __l

13 n__ __d   14 j__ __ns   15 k__ __   16 d__ __

17 J__ __   18 c__ __t   19 m__ __   20 sh__ __

....

1 ay 2 ie 3 ue 4 ow 5 oe 6 ai 7 ay 8 ee 9 ea 10 ui

11 ay 12 ai 13 ee 14 ea 15 ey 16 ie 17 oe 18 oa 19 ay 20 ow

進階挑戰：現在我們可以聽得到字首、字尾、母音，而且我們只要會唸符合這個規則的字，就能拼得出來。我們現在就來試試，聽著音檔的發音，是否能拼出下列單字。

1 _____   2 _____   3 _____   4 _____   5 _____

6 _____   7 _____   8 _____   9 _____   10 _____

....

1 rain   2 lay   3 feel   4 read   5 key

6 pie   7 Joe   8 boat   9 bowl   10 Sue

這部分為變化較複雜的單字，若覺得難，可以多練習幾次。

1 _____   2 _____   3 _____   4 _____   5 _____

6 _____   7 _____   8 _____   9 _____   10 _____

....

1 contain   2 subway   3 Sunday   4 weekday   5 cockroach

6 raincoat   7 window   8 yellow   9 rainbow   10 Tuesday

今天的課程比前面三天稍微困難，是因為，ai、ay都是 /e/，ee、ea、ey都是 /i/，oe、oa、ow都是 /o/，ue、ui都是 /ju/ 或 /u/，我們要如何知道發哪個音才對呢？

1. 基本上，ay和ey，有y通常都放在字尾，不太會在字中出現。
2. ie、oe、ow也幾乎都只出現在字尾，而且ie、oe的單字不多，這類單字幾乎都只包含三個字母。

此外，我們希望學英文能像學母語一樣依循聽說讀寫的順序，所以我們在練習拼字之前，除了已經會聽和說這些字，也會用這些字，我們自然就對這些字有印象，自然也比較容易判斷是ee或ea。

例如，tea這個字，大家先學聽和說，會說tea或I like tea.之後，讀到這個字或這個句子時，就很容易從上下文或圖片去學到tea原來是這麼拼的。因為我們在學讀的時候，已經拼過一次tea，因此我們要學寫的時候自然會有印象。

♥♠♥♠♥♠♥♠♥♠♥♠♥♠♥♠♥♠♥♠♥♠♥♠♥♠♥♠

Lynn的發音武功秘笈

同樣的，很多字其實都是三個字母的短母音和其他規則拼湊出來的。例如：window是win+dow，weekend是week+end，subway是sub+way。yellow是yel+low，Sunday是Sun+day，Tuesday是Tues+day。所以，是不是很有趣呢？大家可以試著去拆拆看前面的150字，看看是否都拆對了呢？

我的筆記欄

Day

5

第五天

♥ 十大金鑰之五：混合子音之一 ♥

今天要介紹的混合子音（consonant blends）比第三天的複合子音簡單多了。這些子音分別是 bl、br、cl、cr、dr、fl、fr、gl、gr、pl、pr、tr。先熟悉這些子音後，再依照下面兩個規則來套用。

b、c、f、g、p ＋ l ＋ 母音 ＋ 子音／複合子音

b、c、d、f、g、p、t ＋ r ＋ 母音 ＋ 子音／複合子音

Lynn的發音小秘密

　　今天要教的所有混合子音，一樣是由兩個字母組合起來，但它們組合起來所發的音並不會變成一個不同的音，而是將兩個音合併起來就好。

　　這些混合子音分別是：bl、br、cl、cr、dr、fl、fr、gl、gr、pl、pr、tr。雖然只是將兩個子音合併起來唸，但是很多人仍然不懂得正確的發音方法，還是將兩個音分開來唸。

　　發混合子音，就好像現在年輕人在講中文的「這樣子」，因為講得很快，就變成了「醬子」。我們可以試著縮短兩個音之間的距離，將兩個音連在一起，再搭配音檔檢查自己的發音，看看自己是不是唸對了喔！

上述混合子音的發音都沒有問題後，大家可以利用書末附的發音卡，照著今天教的兩種規則，將字母隨意排列，試看看是否每種變化都可以唸得出來。

　　練習完後，我們再配合插圖，唸出以下126個單字，一邊唸，一邊就可以將這些字記住了。大家也可以跟著音檔多唸幾遍，確認發音是否正確喔！

bl

black (a)　　blade (n)　　blame (v)

blank (a)　　blend (v)　　bless (v)　　blink (v)

blocks (n)　　blow (v)　　blue (a)　　blush (v)

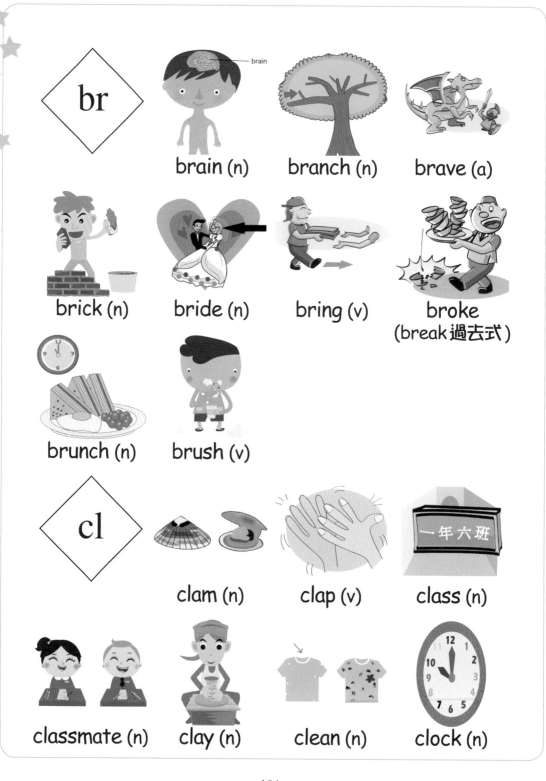

br

brain (n)

branch (n)

brave (a)

brick (n)

bride (n)

bring (v)

broke
(break 過去式)

brunch (n)

brush (v)

cl

clam (n)

clap (v)

class (n)

classmate (n)

clay (n)

clean (n)

clock (n)

一年六班

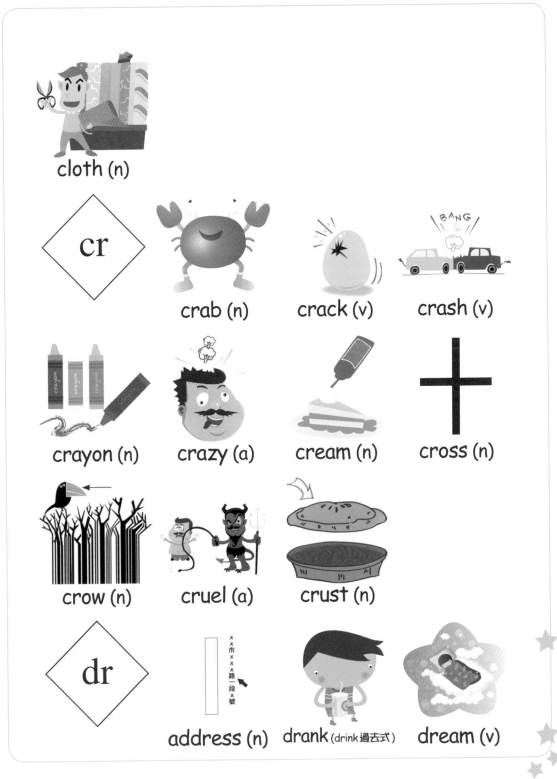

cloth (n)

cr

crab (n)

crack (v)

crash (v)

crayon (n)

crazy (a)

cream (n)

cross (n)

crow (n)

cruel (a)

crust (n)

dr

address (n)

drank (drink 過去式)

dream (v)

dress (n) drill (v) drink (v) drip (v)

drive (v) drop (v) drove (drive 過去式) drug (n)

drum (n) drunk (drink 過去分詞) hundred (n)

fl flag (n) flame (n) flash (n)

flat tire (n) flat (a) float (n) play the flute (v)

106

fr

frame (n)　　Frank (男子名)　　free (a)

French fries (n)　　fresh (a)　　very cold, 0ºC — freezing (a)　　frisbee (n)

frog (n)　　fruit (n)　　in front of (prep)

gl

glad (a)　　glass (n)　　glasses (n)

glide (v)　　globe (n)　　glue (n)　　sunglasses (n)

gr

angry (a)

1 kg =
1000 grams

gram (n)

very big,
very good

grand (a)

give

grant (v)

grapefruit (n)

grapes (n)

graph (n)

grass (n)

gray (a)

not like to
share

greedy (a)

green (a)

greet (v)

grill (v)

grow (v)

hungry (a)

pl

say "It's bad."

complain (v)

plane (n)

plant (n)

a to-do list   **not complex**

plan (n)   plate (n)   plain (a)   play (v)

plug (n)   plum (n)   plus (v)

pr

pray (v)   pregnant (a)   press (v)

think I am good   **something made**

pride (n)   print (v)   prize (n)   product (n)

getting better   **to do list**

progress (n)   project (n)   prune (n)

tr

actress (n)   track (n)   traffic (n)

train (n)   trap (n)   trash (n)   tray (n)

tree (n)   trick (n)   trip (n)   truck (n)

trumpet (n)   trunk (n)   trunk (n)   waitress (n)

三步驟，輕鬆拼出新單字

　　我們會唸之後，再來要做的就是聽到音可以拼得出單字。只要跟著Lynn活用以下三步驟，肯定沒有單字能難倒你！

步驟一：讓我們跟著音檔，試試看能否聽出以下單字字首的音。請聽音檔，填

入下列單字字首的字母。

1 __ __ush   2 __ __ush   3 __ __ass   4 __ __oss

5 __ __ip   6 __ __ip   7 __ __og   8 __ __ag

9 __ __ass   10 __ __ass   11 __ __ay   12 __ __ay

13 __ __ean   14 __ __ill   15 __ __ill   16 __ __ay

17 __ __ay   18 __ __ow   19 __ __ee   20 __ __obe

---

1 bl   2 br   3 cl   4 cr   5 dr   6 tr   7 fr   8 fl   9 gl   10 gr

11 pl 12 pr 13 cl 14 dr 15 gr 16 tr 17 cl 18 fl 19 fr 20 gl

步驟二：我們可以聽出字首的字母後，再來練習是否能聽出以下單字字尾的音。請聽音檔，填入下列單字字尾的字母。

1 bla_____e   2 brai_____   3 fla__ __   4 fre__ __

5 dru_____   6 crus_____   7 cla_____   8 fla_____e

9 fra_____e   10 dri_____e   11 bran__ __ 12 cri_____e

13 gla_____   14 bla__ __   15 gree_____ 16 plu_____

17 prin_____   18 trai_____   19 clo__ __   20 cra__ __

---

1 m   2 d   3 sh   4 sh   5 m   6 t   7 m   8 m   9 m   10 v

11 ch 12 m   13 d   14 ck 15 n   16 g   17 t   18 n   19 ck 20 ck

步驟三：字首、字尾都沒有問題後，我們就要進入挑戰度最高的母音。請聽音

檔，填入下列單字母音的字母。

① bl___d___　② br___v___　③ cl___b　④ cr___b

⑤ dr___ss　⑥ tr___sh　⑦ fl___t　⑧ fr___t

⑨ gr___d___　⑩ gl___d　⑪ pl___s　⑫ pr___ss

⑬ gr___p___s　⑭ bl___m___　⑮ gr___z___　⑯ pr___z___

⑰ bl___ck　⑱ br___k___　⑲ tr___k___　⑳ cl___ck

---

① a_e　② a_e　③ u　④ a　⑤ e　⑥ a　⑦ u_e　⑧ ui　⑨ a_e　⑩ a

⑪ u　⑫ e　⑬ a_e　⑭ a_e　⑮ a_e　⑯ i_e　⑰ o　⑱ o_e　⑲ i_e　⑳ o

進階挑戰：現在我們可以聽得到字首、字尾、母音，也就是任何符合這個規則的字，我們只要會唸就能拼得出來。我們現在就來試試，聽著音檔的發音，是否能拼出下列單字。

① _____　② _____　③ _____　④ _____

⑤ _____　⑥ _____　⑦ _____　⑧ _____

⑨ _____　⑩ _____　⑪ _____　⑫ _____

⑬ _____　⑭ _____　⑮ _____　⑯ _____

⑰ _____　⑱ _____　⑲ _____　⑳ _____

---

① blank　② drop　③ brunch　④ clay　⑤ crab

⑥ drink　⑦ flow　⑧ flag　⑨ from　⑩ French

⑪ glide　⑫ grape　⑬ gram　⑭ hungry　⑮ plant

16 plug　　17 pride　　18 project　　19 product　　20 trip

 Lynn 的發音小百科

1. 雖然大部分的英文單字，單從拼字結構來看並無任何意義，但是部分英文單字的字首、字根、字尾，是有其意義的。如pro代表before（in front of）、for（in favor of）以及forward的意思。而此字首中「o」有時唸短母音/ɑ/，例如project、product、progress、problem，有時則唸長母音/o/，如protect、provide和program。

2. 今天的混合子音，大都出現在字首。

Lynn的發音武功秘笈

同樣的，我們學了新的子音，就要運用前面第一天到第四天學過的規則，將其混搭混在一起。例如：

1. 和第一天的短母音規則搭配，混合子音＋短母音＋子音→如：drop、clam。

2. 和第二天的長母音規則搭配，混合子音＋長母音＋子音 →如：blade、drive、globe。

3. 和第三天的複合子音規則搭配，混合子音＋短母音＋複合子音 →如：blush、clock、brunch。

4. 和第四天的長母音規則搭配，混合子音＋polite vowels＋子音 →如：clean、fruit、clay。

所以，Lynn的自然發音課最大的特色就在於，我們會一再將過去學過的規則拿出來練習，不僅學過的規則不會忘，更能增加我們拼字的功力！

Day
6

第 六 天

♥ 十大金鑰之六：混合子音之二 ♥

今天要學的子音和第五天的一樣，是兩、三個子音連在一起並不改變原來的音，只是將兩個音合併起來快速唸出。這些混合子音分別是：sl、sm、sn、sc、scr、sk、sp、spr、st、str、sw、tw。熟悉這些子音後，再依照下面三個規則來套用。

s ＋ l、m、n、c、k、p、t、w ＋ 母音 ＋ 子音

s ＋ cr pr tr ＋ 母音 ＋ 子音

tw ＋ 母音 ＋ 子音

 Lynn的發音小秘密

此處需要注意的是，c、k、p、t和s合併之後，會從原本的無聲子音變成有聲的g、b、d，唸成sg、sb、sd。例如stop，我們實際發音是唸sdop，而spider，我們是唸sbider。此外st加了r之後，str就唸成sdr，這就是為什麼strong，應該唸sdrong。

116

混合子音發音練習

　　上述混合子音的發音都沒有問題後，大家可以利用書末附的發音卡，照著今天教的三種發音規則，將字母隨意排列，試看看是否每種變化都能夠唸得出來。

　　練習完後，我們再配合插圖，唸出以下91個單字，一邊唸，一邊就可以將這些字記住了。大家也可以跟著音檔多唸幾遍，確認發音是否正確喔！

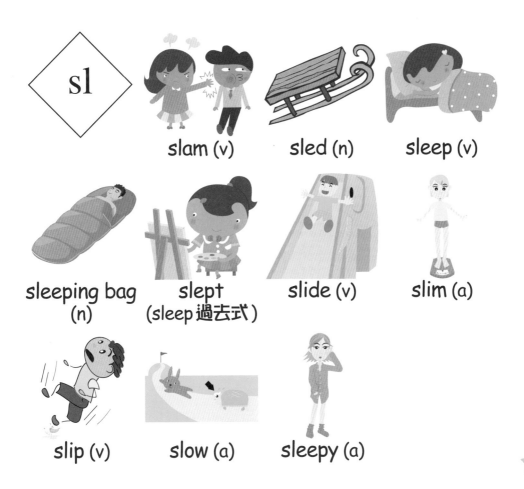

sl

slam (v)　　　sled (n)　　　sleep (v)

sleeping bag (n)　　slept (sleep 過去式)　　slide (v)　　slim (a)

slip (v)　　　slow (a)　　　sleepy (a)

sm

smack (v)　　smash (v)　　smell (v)

smile (v)　　a name
Smith (n)　　smoke (n)　　smoke (v)

sn

snack (n)　　snail (n)　　snake (n)

move quietly
for a bad
reason

sneak (v)　　sniff (v)　　snowman (n)　　snowy (a)

comfortable

snow (n)　　snug (a)

sc

scale (n)

scr

a small piece of food, paper...

scrap (n)

scream (n)

screen (n)

scrub (v)

sk

skate (v)

ski (v)

be able to do something

skill (n)

skim (n)

outside of body

skin (n)

very very thin

skinny (a)

skull (n)

skunk (n)

sp

give hope

inspire (n)

spade (n)

spank (v)

speak (v)

speech (n)

how fast?

speed (n)

spell (v)

spend (v)

spent (spend 過去式)

spike (n)

spill (n)

spin (v)

splash (v)

spoke (speak 過去式)

spot (n)

spotless (a)

spr

sprain (v)   spray (v)   spring (n)

st

bus stop (n)   chopsticks (n)   mistake (n)

stamp (n)   stand (v)   state (n)   steal (v)

steam (v)   step (v)   Steve (男子名)   stick (n)

121

not move

still (adv)   sting (v)    stink (v)    stole (steal 過去式)

stone (n)    stop (v) 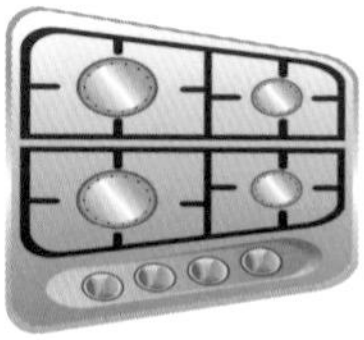   stove (n)    study (v)

str   **try very hard**

strain (v)   strap (n) 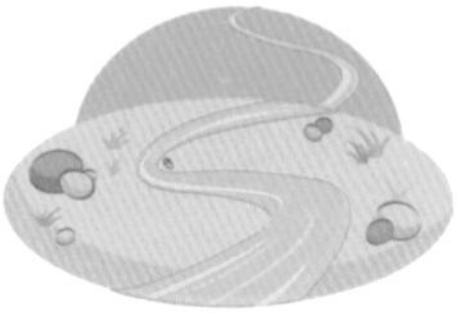   stream (n)

street (n)    stress (n)    strike (v)    string (n)

stripe (n)    strong (a)

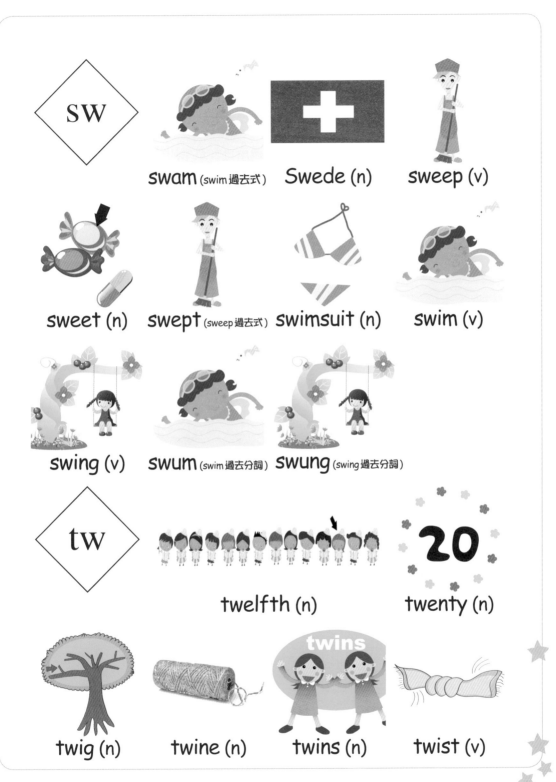

sw

swam (swim 過去式)　Swede (n)　sweep (v)

sweet (n)　swept (sweep 過去式)　swimsuit (n)　swim (v)

swing (v)　swum (swim 過去分詞)　swung (swing 過去分詞)

tw

twelfth (n)　twenty (n)

twig (n)　twine (n)　twins (n)　twist (v)

三步驟，輕鬆拼出新單字

　　我們會唸之後，再來要做的就是聽到音可以拼得出單字。只要跟著Lynn活用以下三步驟，肯定沒有單字能難倒你！

步驟一：讓我們跟著音檔，試試看能否聽出以下單字的字首。請聽音檔，填入下列單字字首的字母。

① __ __eep	② __ __ide	③ __ __end	④ __ __ack
⑤ __ __eep	⑥ __ __ull	⑦ __ __in	⑧ __ __ring
⑨ __ __ __ong	⑩ __ __ __ess	⑪ __ __ell	⑫ __ __ __een
⑬ __ __udy	⑭ __ __ __ain	⑮ __ __ __eam	⑯ __ __ine
⑰ __ __ug	⑱ __ __ike	⑲ __ __ip	⑳ __ __ __ess

......

① sw　② sl　③ sp　④ sn　⑤ sl　⑥ sk　⑦ sp　⑧ sp　⑨ str　⑩ str

⑪ sm　⑫ scr　⑬ st　⑭ spr　⑮ str　⑯ tw　⑰ sm　⑱ sp　⑲ sk　⑳ str

步驟二：我們可以聽出字首的字母後，再來練習是否能聽出以下單字字尾的字母。請聽音檔，填入下列單字字尾的字母。

① smo____e	② swi__ __	③ sli__ __	④ stri__ __
⑤ snai____	⑥ scree____	⑦ sma__ __	⑧ screa____
⑨ ska____e	⑩ spea____	⑪ spee__ __	⑫ spru__ __
⑬ stam____	⑭ sto____e	⑮ sti__ __	⑯ twis____
⑰ swee____	⑱ spee__ __	⑲ ski____	⑳ snea____

124

1 k　　2 ng　　3 ng　　4 ng　　5 l　　6 n　　7 sh　　8 m　　9 t　　10 k

11 ch　12 ng　13 p　14 v　15 ck　16 t　17 t　18 ch　19 n　20 k

步驟三：字首、字尾都沒有問題後，我們就要進入挑戰度最高的母音。請聽音檔，填入下列單字母音的字母。

1 sw_____m　　2 str____k____　　3 sl__ __　　4 sn__ __

5 sp_____t　　6 sm____l____　　7 sn____k____　　8 scr_____p

9 sk_____n　　10 sp_____ll　　11 spr__ __　　12 st_____p

13 str_____ng　　14 st__ __　　15 sl_____d　　16 sl____d____

17 tw_____ns　　18 sw_____sh　　19 sn_____g　　20 sk_____m

......

1 i　　2 i_e　　3 ow　　4 ow　　5 o　　6 i_e　7 a_e　8 a　　9 i　　10 e

11 ay　12 o　　13 o　　14 ay　15 e　　16 i_e　17 i　　18 i　　19 u　　20 i

進階挑戰：現在我們可以聽得到字首、字尾、母音，而且我們只要會唸符合這個規則的字，就能拼得出來。我們現在就來試試，聽著音檔的發音，是否能拼出下列單字。

1 _____　　2 _____　　3 _____　　4 _____

5 _____　　6 _____　　7 _____　　8 _____

9 _____　　10 _____　　11 _____　　12 _____

13 _____　　14 _____　　15 _____　　16 _____

17 _____	18 _____	19 _____	20 _____

. . . .

1 slip	2 slam	3 smith	4 smash	5 snow
6 snowman	7 scrub	8 skunk	9 skinny	10 spank
11 spend	12 inspire	13 spring	14 stand	15 chopsticks
16 swimsuit	17 twelfth	18 twig	19 twenty	20 strap

Lynn的發音武功秘笈

這裡我們同樣可以和前面學過的規則做混搭練習，是不是很好玩呢？例如：

1. 和第一天的短母音規則搭配，混合子音＋短母音＋子音 →如：stop、spin。

2. 和第二天的長母音規則搭配，混合子音＋長母音＋子音 →如：smile、scale。

3. 和第三天的複合子音規則搭配，混合子音＋短母音＋複合子音 →如：spring、smash。

4. 和第四天的長母音規則搭配，混合子音＋ polite vowels ＋子音或複合子音 →如：sweet、speech。

我的筆記欄

Day

7

♥ 十大金鑰之七：複合母音 ♥

在連續兩天的子音之後，我們再來練習一些複合母音（vowel diagraphs）。這些母音分別是 al、au、aw/ɔ/；oi、oy/ɔɪ/；ou、ow /au/；oo/u/ 和 /u/。先熟悉這些複合母音，再依照下面規則來套用。

子音/複合子音/混合子音 + 複合母音 + 子音/複合子音

 Lynn的發音小秘密

　　這些複合母音是由母音和一個母音或子音合在一起，但發出來的音卻和原本的音完全不同。

　　al、au、aw 要唸得漂亮，可以想像你的嘴型張開就像 /ɔ/ 這個符號一樣，而 oi、oy 就在嘴張開說 /ɔ/ 之後，再加上 /ɪ/ 的音。而 ou、ow 的音就好像你被人踢到或撞到桌角時會發出的「ㄠ」的聲音。oo 有兩種發音，一個就像 zoo 發的 /u/，另一個就像 good 所發的 /u/。

　　發這些複合母音的音時，會讓我們的嘴型一直處在類似注音符號ㄡ、ㄠ、ㄨ的嘴型之間。大家試看看快速的唸 /ɔ/、/ɔɪ/、/au/、/u/、/u/，這幾個音連在一起唸很有意思。

　　記得要看著字母唸，而不是看著音標唸，唸幾次之後，再加上拼字練習，我們很快就可以將這些音記住了。

上述複合母音的發音都沒有問題後，大家可以利用書末附的發音卡，照著今天教的發音規則，將字母隨意排列，試看看是否每種變化都可以唸得出來。

　　練習完後，我們再來配合以下插圖，唸出這119個字，一邊唸，一邊就可以將這些字記住了。大家也可以跟著音檔多唸幾遍，確認發音是否正確喔！

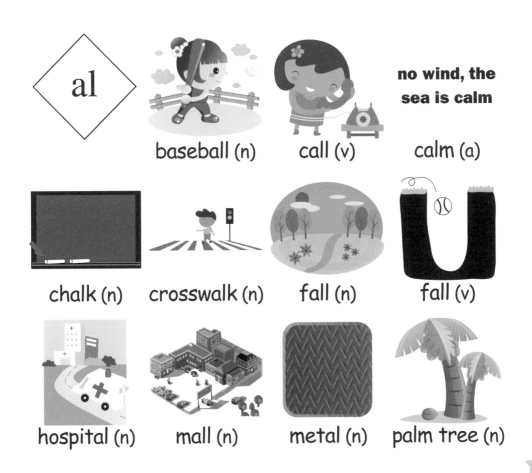

al

no wind, the sea is calm

baseball (n)　　call (v)　　calm (a)

chalk (n)　　crosswalk (n)　　fall (n)　　fall (v)

hospital (n)　　mall (n)　　metal (n)　　palm tree (n)

sidewalk (n) small (a) talk (v) tall (a)

walk a dog (v) walkman (n) walk (v) wallet (n)

wall (n)

au

August (n) Paul (男子名)

aw

claw (n) dawn (n) draw (v)

lawn (n)   saw (v)   saw (see 過去式)   seesaw (n)

strawberry (n)   straw (n)   yawn (n)

oi   boil (v)   coins (n)   joint (n)

oil (n)   point (v)   toilet (n)

oy   boy (n)   enjoy (v)   joy (n)

toy (n)

ou

cloud (n)

cloudy (a)

couch (n)

count (v)

found (find 過去式)

ground (n)

loud (a)

mouth (n)

out (adv)

playground (n)

1kg =
2.2 pound

pound (n)

proud (a)

shout (v)

I hear a
sound

sound (n)

sour (a)

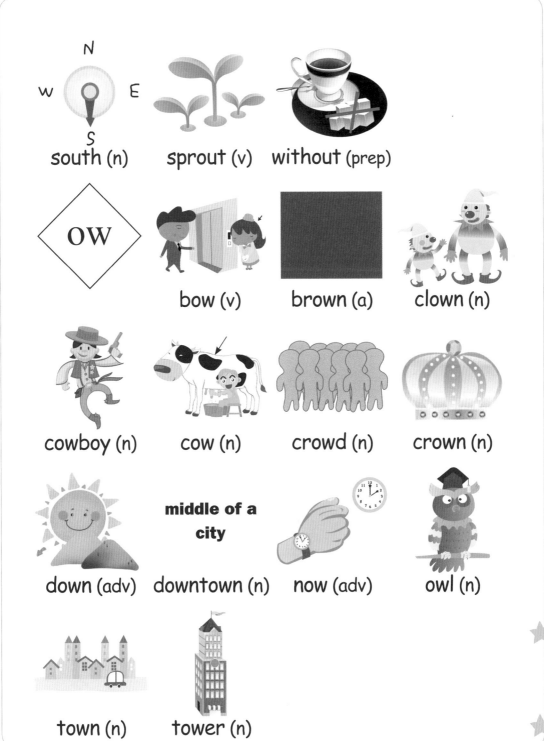

south (n) sprout (v) without (prep)

OW

bow (v) brown (a) clown (n)

cowboy (n) cow (n) crowd (n) crown (n)

down (adv) downtown (n) now (adv) owl (n)

middle of a city

town (n) tower (n)

oo /u/

 bathroom (n)
 bedroom (n)
 boots (n)

 broom (n)
 classroom (n)
 cool (a)
 dining room (n)

 fast food (n)
 food (n)
low IQ fool (n)
low IQ foolish (a)

 igloo (n)
 living room (n)
 men's room (n)
 moon (n)

 noodles (n)
 noon (n)
 pool (n)
 raccoon (n)

restroom (n)   roof (n)   room (n)   root (n)

seafood (n)   spoon (n)   stool (n)   tool (n)

tooth brush (n)   tooth (n)

oo /U/

book (n)   bookcase (n)   a small stream   brook (n)

cook (n)   foot print (n)   foot (n)   good (a)

hood (n)　　hook (n)　　look (v)　　notebook (n)

notebook (n)　　stood (stand 過去式)　　took a bath (v)　　wood (n)

woods (n)　　wool (n)

三步驟，輕鬆拼出新單字

　　我們會唸之後，再來要做的就是聽到音可以拼得出單字。只要跟著Lynn活用以下三步驟，肯定沒有單字能難倒你！

步驟一：讓我們跟著音檔，試試看能否聽出以下單字字首的音字母。請聽音檔，填入下列單字字首的字母。

1 ＿ ＿all　　2 ＿ ＿out　　3 ＿ ＿oil　　4 ＿＿＿＿oy

5 ＿ ＿ound　　6 ＿ ＿ ＿aw　　7 ＿ ＿own　　8 ＿ ＿oon

136

9 _____ook   10 __ __alk   11 _____alk   12 __ __aw

13 _____oy   14 __ __oud   15 _____oon   16 _____oil

17 __ __own   18 __ __oom   19 _____all   20 _____awn

---

1 sm   2 sh   3 sp   4 t   5 gr   6 str   7 br   8 sp   9 b   10 ch

11 w   12 dr   13 b   14 pr   15 m   16 b   17 cr   18 br   19 m   20 y

步驟二：我們可以聽出字首的字母後，再來練習是否能聽出以下單字字尾的
音。請聽音檔，填入下列單字字尾的字母。

1 Pau_____   2 wal_____   3 soi_____   4 ou_____

5 too__ __   6 daw_____   7 tow_____   8 joi_____

9 poo_____   10 mou__ __   11 tal_____   12 tau_____

13 law_____   14 coi_____   15 foo_____   16 boo_____

17 cal_____   18 cou__ __   19 roo_____   20 ow_____

---

1 l   2 k   3 l   4 t   5 th   6 n   7 n   8 n   9 r   10 th

11 k   12 t   13 n   14 n   15 l   16 t   17 m   18 ch   19 f   20 l

步驟三：字首、字尾都沒有問題後，我們就要進入挑戰度最高的母音。請聽音
檔，填入下列單字母音的字母。

1 w__ __l   2 dr__ __   3 s__ __l   4 l__ __d

5 f__ __lt   6 s__ __   7 b__ __   8 d__ __n

137

⑨ z＿ ＿　　　⑩ b＿ ＿k　　　⑪ t＿ ＿l　　　⑫ f＿ ＿l

⑬ j＿ ＿　　　⑭ ＿ ＿nk　　　⑮ s＿ ＿th　　　⑯ r＿ ＿m

⑰ c＿ ＿k　　　⑱ c＿ ＿　　　⑲ h＿ ＿　　　⑳ c＿ ＿l

---

① al　② aw　③ oi　④ ou　⑤ au　⑥ aw　⑦ oy　⑧ ow　⑨ oo　⑩ oo

⑪ al　⑫ al　⑬ oy　⑭ oi　⑮ ou　⑯ oo　⑰ oo　⑱ ow　⑲ ow　⑳ al

進階挑戰：現在我們可以聽得到字首、字尾、母音，也就是任何符合這個規則的字，我們只要會唸就能拼得出來。我們現在就來試試，聽著音檔的發音，是否能拼出下列單字。

① ＿＿＿　② ＿＿＿　③ ＿＿＿　④ ＿＿＿　⑤ ＿＿＿

⑥ ＿＿＿　⑦ ＿＿＿　⑧ ＿＿＿　⑨ ＿＿＿　⑩ ＿＿＿

---

① ball　② Paul　③ saw　④ point　⑤ ploy

⑥ count　⑦ crowd　⑧ stool　⑨ book　⑩ baseball

這部分為變化較複雜的單字，若覺得難，可以多練習幾次。

① ＿＿＿　② ＿＿＿　③ ＿＿＿　④ ＿＿＿　⑤ ＿＿＿

⑥ ＿＿＿　⑦ ＿＿＿　⑧ ＿＿＿　⑨ ＿＿＿　⑩ ＿＿＿

---

① seesaw　② August　③ outside　④ strawberry　⑤ cowboy

⑥ toothbrush　⑦ always　⑧ toilet　⑨ wallet　⑩ employ

今天的規則是母音，所以我們可以和前面學過的子音做搭配運用，例如：

1. 和暖身運動的字母基本音搭配，子音＋複合母音＋子音→如：boy、look。

2. 和第三天的複合子音搭配，複合子音＋複合母音＋子音，或子音＋複合母音
   ＋複合子音→如：chalk、couch。

3. 和第五天的混合子音搭配，混合子音＋複合母音＋子音→如：brown、crawl。

4. 和第六天的混合子音搭配，混合子音＋複合母音＋子音或複合子音 →如：
   spoil、smooth。

我的筆記欄

Day
8

第八天

💛 十大金鑰之八：連接r的母音 💛

今天要教的是對國人而言較難發音的捲舌音母音（Murmuring Vowels）。這些音分別是 ar/ɑr/；or/ɔr/；ir、er、ur/ɝ/；er、or/ɚ/；war/wɔr/；wor/wɝ/。先熟悉這些音後，再依照下面規則來套用。

子音 ＋ 連接r的母音 ＋ 子音/er、or

Lynn的發音小秘密

ar所發的音就和字母R的名字一樣，而or的發音就像前一天al、au、aw的 /ɔ/，但是再加一個/r/。ir、er、ur要捲舌，而捲舌時舌頭要再往上提一點。至於 er、or放在字尾時，則是輕輕捲舌就好。

如果我們從ar唸到or再唸到ir、er、ur，會發現我們的舌頭愈來愈捲。在ar 和or之前加上w，變成war和wor，這兩個字唸起來的捲舌度比沒有加w時更上 一階。亦即，war雖然寫起來是ar，但發的卻是or的音，也就是w+or的發音。而 or前面加了w變成wor，不發or的音，發ir、er、ur的音，也就是wor發的是w+ir 的音。

發音	wor	wir、wer、wur
↑	（捲舌度提升）	↑
拼字	war	wor

當我們很清楚這樣的變化以後，warm 和 worm 就變得很簡單，而 The World War II 也可以講得很清楚了。

此外，walk 和 work 也是很多人常混淆的發音。al 是前一天學到的音 /ɔl/，wor 則要捲舌，現在我們的發音是否變漂亮了呢？

short 和 shirt 也是大家常分不清發音的單字，唸這些單字之前，我們先練習一下舌頭放鬆法（可參考 Lynn 前著《零蛋英文老師》），我們的發音是否又更漂亮了呢！？

連接 r 的母音發音練習

上述連接 r 的母音的發音都沒有問題後，大家可以利用書末附的發音卡，照著今天教的發音規則，將字母隨意排列，試看看是否每種變化都可以唸得出來。

練習完後，我們再來配合以下插圖，唸出這 192 個字，一邊唸，一邊就可以將這些字記住了。大家也可以跟著音檔多唸幾遍，確認發音是否正確喔！

arch (n)　　arm (n)　　artist (n)

bark (v)　　bar (n)　　card (n)　　carpet (n)

cart (n)   cartoon (n)   charm (n)   chart (n)

dark (a)   farm (n)   garlic (n)   jar (n)

March (n)   parking lot (n)   parking (n)   park (n)

party (n)   scar (n)   scarf (n)   shark (n)

sharp (a)   smart (a)   sparkle (v)   starfish (n)

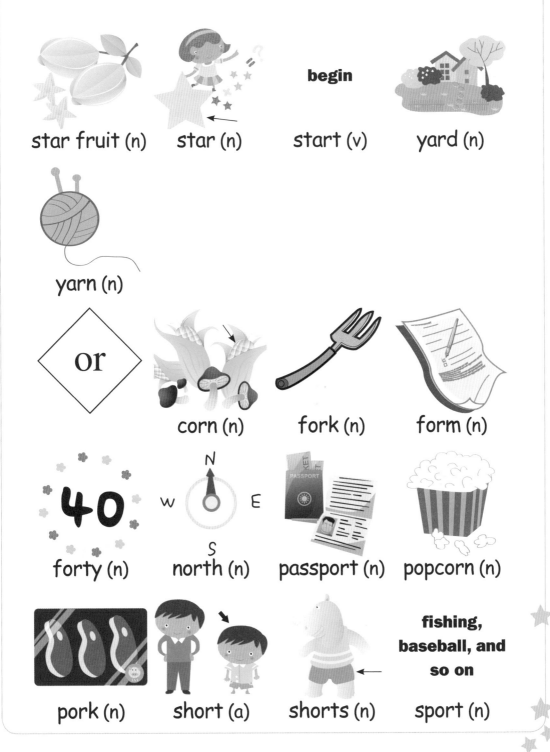

star fruit (n) star (n) **begin** start (v) yard (n)

yarn (n)

or corn (n) fork (n) form (n)

forty (n) north (n) passport (n) popcorn (n)

pork (n) short (a) shorts (n) **fishing, baseball, and so on** sport (n)

thorn (n)

ir

bird (n)

when a baby is born

birth (n)

birthday (n)

dirty (a)

strong and sure

firm (a)

first (n)

first aid kit (n)

girl (n)

shirt (n)

sir (n)

skirt (n)

stir (v)

third (n)

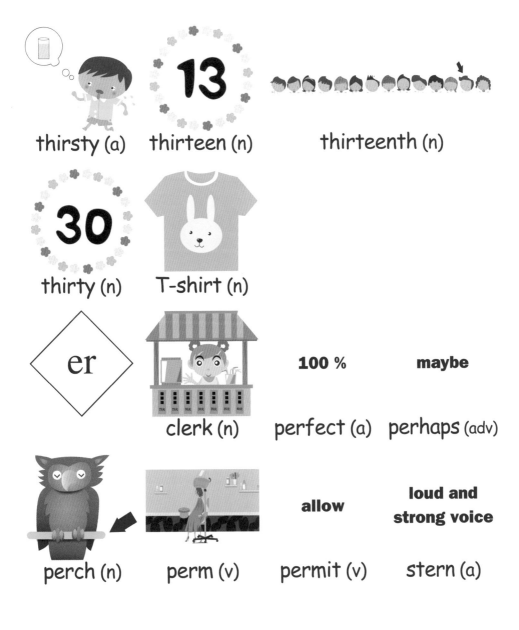

thirsty (a) thirteen (n) thirteenth (n)

thirty (n) T-shirt (n)

er

clerk (n) perfect (a) perhaps (adv)

100 % maybe

perch (n) perm (v) permit (v) stern (a)

allow loud and strong voice

a period of time

term (n)

ur

burn (v)　　burst (v)　　church (n)

fur (n)　　hurt (v)　　Kurt (男子名)　　purple (n)

Saturday (n)　　suburb (n)　　surf (v)　　Thursday (n)

turkey (n)　　turn off (v)　　turn on (v)　　turnip (n)

turtle (n)

war 	 wardrobe (n)	 ward (n)	 wart (n)

wor 	 hard-working (a)	 homework (n)	**word** word (n)

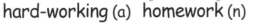

 work (v)	 world (n)	worm (n)	**homework book** workbook (n)

 worship (v)	 worst (a)	 worth (prep)

er 	 babysitter (n)	 banker (n)	 barber (n)

barber shop (n)   better (a)   bitter (a)   brother (n)

butter (n)   cashier (n)   CD player (n)   cobbler (n)

computer (n)   corner (n)   cracker (n)   dinner (n)

drawer (n)   dresser (n)   driver (n)   enter (v)

farmer (n)   finger (n)   fisherman (n)   flippers (n)

 flower stand (n)

come together

gather (v)

 hamburger (n)

 hammer (n)

 hanger (n)

 heater (n)

 hunter (n)

 internet (n)

 later (adv)

 letter (n)

 locker (n)

how someone acts

manner (n)

 marker (n)

 monster (n)

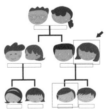 mother (n)

 November (n)

 number (n)

 October (n)

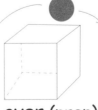 over (prep)

 oyster (n)

painter (n)   painter (n)   paper (n)   pepper (n)

pepper (n)   play computer games (v)   player (n)

potter (n)   powder (n)   power (n)   printer (n)

robber (n)   roller blades (n)   roller skate (n)   rooster (n)

ruler (n)   scooter (n)   September (n)   shopkeeper (n)

shower (n)   silver (n)   singer (n)   sister (n)

thin

slender (a)   slippers (n)   soccer (n)   speaker (n)

spider (n)   summer (n)   teacher (n)   thunder (n)

under (prep)   underline (v)   waiter (n)   whisker (n)

winner (n)   winter (n)   yesterday (n)

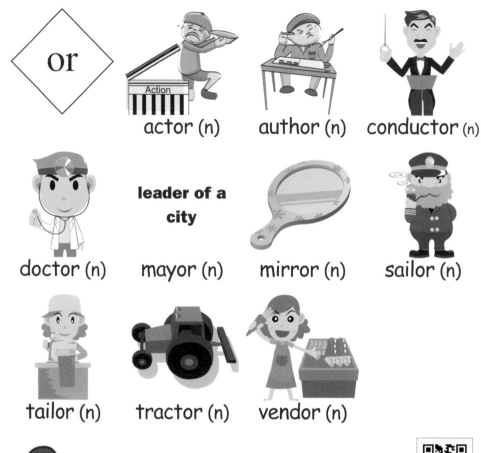

| | or | actor (n) | author (n) | conductor (n) |

doctor (n)　　　leader of a city　　mayor (n)　　mirror (n)　　sailor (n)

tailor (n)　　　tractor (n)　　　vendor (n)

三步驟，輕鬆拼出新單字

　　我們會唸之後，再來要做的就是聽到音可以拼得出單字。只要跟著Lynn活用以下三步驟，肯定沒有單字能難倒你！

步驟一：讓我們跟著音檔，試試看能否聽出以下單字字首的音。請聽音檔，填入下列單字字首的字母。

1 ＿ ＿ort　　　2 ＿ ＿ar　　　3 ＿ ＿irt　　　4 ＿ ＿erk

5 ＿＿＿urn　　　6 ＿ ＿ar　　　7 ＿ ＿orn　　　8 ＿＿＿ir

9 __ __ort	10 _____ird	11 _____ard	12 __ __irty
13 _____erm	14 _____erhaps	15 _____urtle	16 _____ark
17 _____urse	18 _____urple	19 __ __ark	20 _____mart

....

1 sh 2 sc 3 sk 4 cl 5 b 6 st 7 th 8 s 9 sp 10 b
11 y 12 th 13 t 14 p 15 t 16 p 17 n 18 p 19 sh 20 s

步驟二：我們可以聽出字首的字母後，再來練習是否能聽出以下單字字尾的音。請聽音檔，填入下列單字字尾的字母。

1 war_____	2 wor_____	3 ar_____	4 ar_____
5 bor_____	6 car_____	7 char_____	8 stor_____
9 nor__ __	10 per_____	11 ster_____	12 chur__ __
13 sur_____	14 burs_____	15 gir_____	16 shir_____
17 fir_____	18 show__ __	19 und__ __	20 mirr__ __

....

1 m 2 k 3 t 4 m 5 n 6 d 7 t 8 m 9 th 10 m
11 m 12 ch 13 f 14 t 15 l 16 t 17 m 18 er 19 er 20 or

步驟三：字首、字尾都沒有問題後，我們就要進入挑戰度最高的母音。請聽音檔，填入下列單字母音的字母。

| 1 j__ __ | 2 f__ __ | 3 d__ __k | 4 p__ __k |
| 5 c__ __n | 6 f__ __k | 7 d__ __ty | 8 th__ __d |

⑨ th___ ___sty ⑩ h___ ___ ⑪ p___ ___fect ⑫ t___ ___n

⑬ h___ ___t ⑭ h___ ___se ⑮ f___ ___st ⑯ ch___ ___m

⑰ th___ ___n ⑱ c___ ___b ⑲ v___ ___b ⑳ p___ ___m

---

① ar ② ar ③ ar ④ or ⑤ or ⑥ or ⑦ ir ⑧ ir ⑨ ir ⑩ er

⑪ er ⑫ ur ⑬ ur ⑭ or ⑮ ir ⑯ ar ⑰ or ⑱ ur ⑲ er ⑳ er

進階挑戰：現在我們可以聽得到字首、字尾、母音，也就是符合這個規則的字，我們只要會唸就能拼得出來。我們現在就來試試，聽著音檔的發音，是否能拼出下列單字。

① _____ ② _____ ③ _____ ④ _____ ⑤ _____

⑥ _____ ⑦ _____ ⑧ _____ ⑨ _____ ⑩ _____

---

① March ② snort ③ birth ④ stern ⑤ fur

⑥ burger ⑦ sailor ⑧ warm ⑨ worst ⑩ farmer

這部分為變化較複雜的單字，若覺得難，可以多練習幾次。

① _____ ② _____ ③ _____ ④ _____ ⑤ _____

⑥ _____ ⑦ _____ ⑧ _____ ⑨ _____ ⑩ _____

---

① Thursday ② Saturday ③ popcorn ④ yesterday ⑤ internet

⑥ worth ⑦ forget ⑧ homework ⑨ formal ⑩ sailor

Lynn的發音小百科

　　今天的規則中er和or都分別出現在不同地方，發不同的音，很多人因此混淆。其實只要記住ar/or/ir、er、ur/都是放在字中當母音用，如farm、pork、bird、term、surf，而另外er/or則是放在字尾，是子音，大部分動詞加了er或or之後由動作變成了人，或物品，如teach→teacher、sail→sailor、drive→driver、sing→singer、hunt→hunter。

　　此處的例字不勝枚舉，總而言之，字尾加了er或or就成了人或物品，而這時的er、or，發/ɚ/，輕輕的捲一下舌就好了！

Lynn的發音武功秘笈

　　同樣的，我們學了一個新的規則就要和舊的規則搭配練習。今天的規則因為是母音，所以我們要和學過的子音搭配。例如：

1. 和暖身運動的字母基本音搭配，子音＋murmuring vowels＋子音→如：dark、pork。

2. 和第三天的複合子音搭配，複合子音＋murmuring vowels＋子音或複合子音→如：shirt、church。

3. 和第五天的混合子音搭配，混合子音＋murmuring vowels＋子音→如：clerk。

4. 和第六天的混合子音搭配，混合子音＋murmuring vowels＋子音→如：storm。

我的筆記欄

第 九 天

♥ 十大金鑰之九：其他子音 ♥

今天要學的是不發音的子音，以及c和g的軟音（soft sounds）。熟悉這些子音之後，再依照下面的規則來套用。

子音 ＋ 母音 ＋ 子音

 Lynn的發音小祕密

首先我們先來談不發音的子音：

1. kn、wr、mb、tch這些字母組合中的k、w、b和t都不發音。
2. gh出現在字中時不發音，但若是以ight的組合出現在單字字尾時，發音是/aɪt/。
3. ild、ind的i，也都發字母的名字/aɪ/。
4. old的o也唸字母的名字/o/，當中的l不發音。

而c和g本來發/k/和/g/是硬音（hard sounds），但在加了e或i或y之後，會變成軟音：

1. c加上e、i、y後，成了ce、ci、cy之後，c發/s/的音，而cy大部分會唸成/saɪ/。
2. g加上e、i、y後，成了ge、gi、gy之後，發/dʒ/的音。

1. kn、wr 主要都在字首，mb 在字尾，gh 在字中，tch 大部分在字尾。
2. ight、old 則在字尾，ild、ind 大部分在字尾。
3. ce、ci、cy 於字首、字中、字尾均有。
4. ge 則大部分在字尾，gi、gy 大部分在字首。

 其他子音發音練習

　　上述其他子音的發音都沒有問題後，大家可以利用書末附的發音卡，照著 子音 ＋ 母音 ＋ 子音 （note：此處母音可以用任何我們學過的母音，再將今天的子音搭配上去）的發音規則，將字母隨意排列，試看看是否每種變化都能唸出來。

　　練習完後，我們再配合插圖，唸出以下 138 個單字，一邊唸，一邊就可以將這些字記住了。大家也可以跟著音檔多唸幾遍，確認發音是否正確喔！

　　到目前為止，相信大家對於辨音已經非常熟稔，所以在後面這兩天的內容，我們就不再做字首、字尾及母音的練習，而是將這些規則的字列出來讓大家做參考。

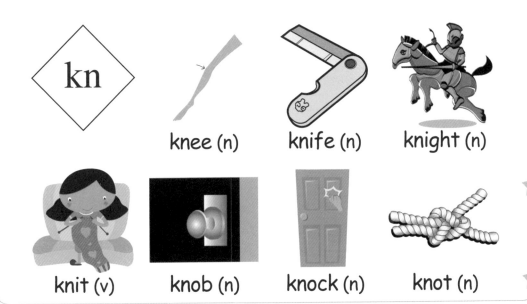

kn

knee (n)　　knife (n)　　knight (n)

knit (v)　　knob (n)　　knock (n)　　knot (n)

161

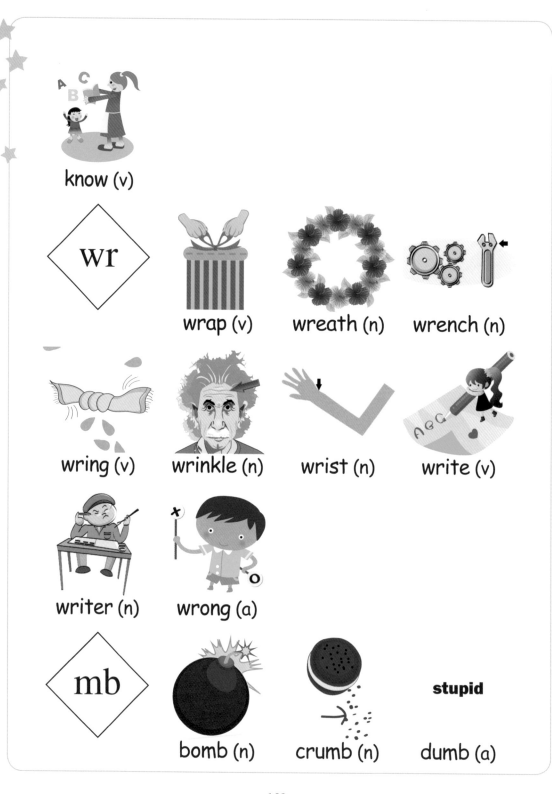

know (v)

wr

wrap (v)   wreath (n)   wrench (n)

wring (v)   wrinkle (n)   wrist (n)   write (v)

writer (n)   wrong (a)

mb

bomb (n)   crumb (n)   **stupid**

dumb (a)

 lamb (n)

 plumber (n)

 thumb (n)

 tch

 catch (v)

 hatch (v)

 hitchhike (v)

 match (n)

 pitcher (n)

 pitcher (n)

 switch (n)

 witch (n)

 gh

 caught (catch 過去式)

 daughter (n)

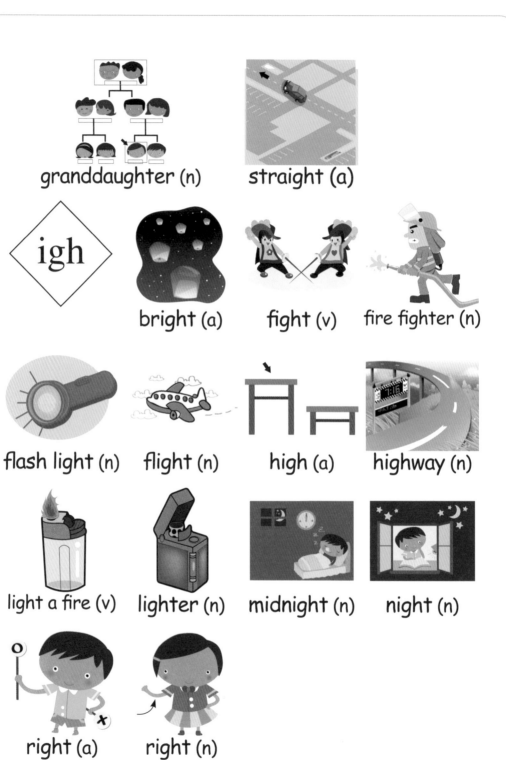

granddaughter (n)

straight (a)

igh

bright (a)

fight (v)

fire fighter (n)

flash light (n)

flight (n)

high (a)

highway (n)

light a fire (v)

lighter (n)

midnight (n)

night (n)

right (a)

right (n)

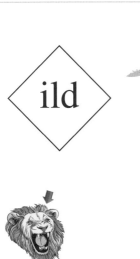
ild

act like a child

not strong

child (n)   childlike (a)   mild (a)

wild (a)

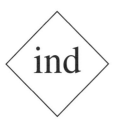
ind

tie

blind (a)   bind (v)   find (v)

break into small pieces

friendly, helpful

grind (v)   kind (a)

old

cold (a)   fold (v)   gold (n)

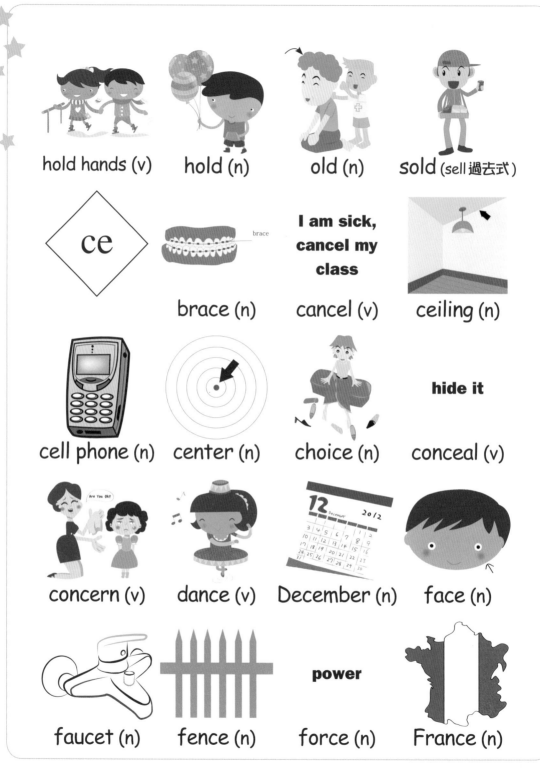

hold hands (v)　　hold (n)　　old (n)　　sold (sell 過去式)

ce

brace (n)　　cancel (v)　　ceiling (n)

I am sick,
cancel my
class

hide it

cell phone (n)　　center (n)　　choice (n)　　conceal (v)

Are You Ok?

concern (v)　　dance (v)　　December (n)　　face (n)

power

faucet (n)　　fence (n)　　force (n)　　France (n)

ice-cream cone (n) ice-cream sundae (n)

ice (n) ice skate (n) juice (n) lace (n)

lettuce (n) mice (n) necklace (n) **good**

nice (a)

pretty

nice-looking (a) office (n) peace (n)

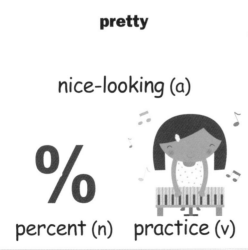

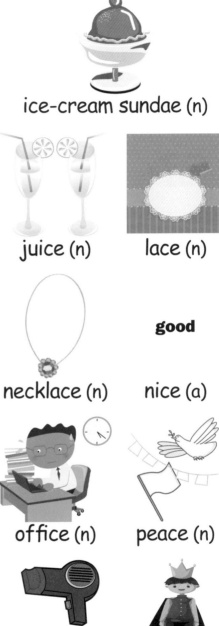

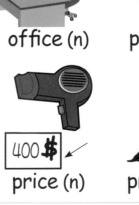

percent (n) practice (v) price (n) prince (n)

princess (n)

short time ago
recent (a)

race (n)

rice (n)

saucer (n)

slice (v)

soy sauce (n)

space (n)

success (n)

surface (n)

trace (v)

2 times
twice (n)

voice (n)

ci

cider (n)

cigar (n)

Cindy (女子名)

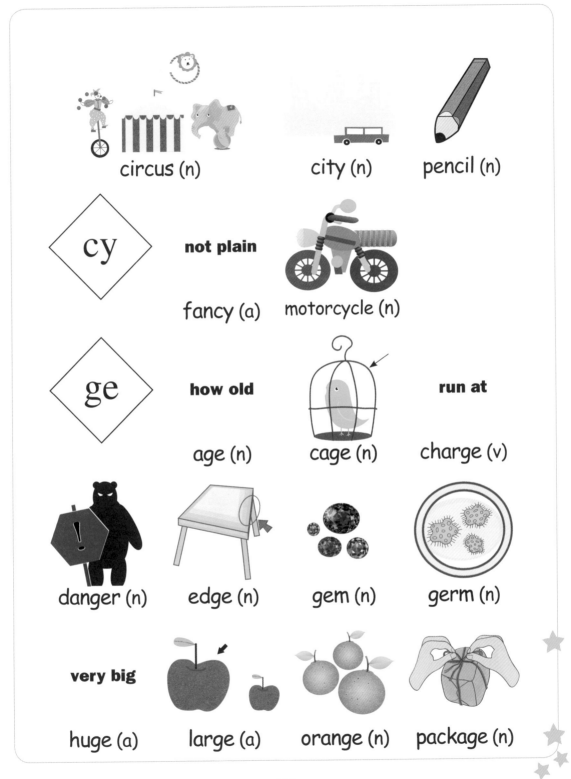

circus (n)

city (n)

pencil (n)

cy

not plain

fancy (a)

motorcycle (n)

ge

how old

run at

age (n)

cage (n)

charge (v)

danger (n)

edge (n)

gem (n)

germ (n)

very big

huge (a)

large (a)

orange (n)

package (n)

page (n)

real estate agent (n)

stage (n)

not usual, funny

say something is a good idea

a 13-19 year old

strange (a)

suggest (v)

teenager (n)

gi

alcoholic drink

gin (n)

ginger (n)

magic (n)

gy

gym (n)

gypsy (n)

Lynn的發音武功秘笈

　　同樣的，我們每學一個規則之後，若要將該規則發揮得淋漓盡致，一定要與前面學過的規則靈活運用。我們來看一下可以如何搭配：

1. kn、wr ＋短母音、長母音、polite vowels ＋子音 →如：knee、write。

2. 子音、複合子音、混合子音＋短母音＋mb →如：thumb、crumb。

3. 子音＋複合子音、混合子音 ＋ild、ind、old、ight →如：child、blind、cold、flight。

4. 子音、複合子音、混合子音 ＋母音＋gh、tch子音 →如：caught、straight、switch。

5. ce、ci、cy因為字首、字中、字尾都有，而這軟音的 c 可以和各種子音及母音搭配，所以此處我們只以子音＋母音＋子音 →如：twice、sauce、cigar、cycle。

6. ge主要出現在字尾，所以大部分狀況為 所有子音＋所有母音＋ge →如：charge、stage。

7. gi、gy大部分在字首ge、gi＋母音＋子音→如：gin、gym。

我的筆記欄

Day
10

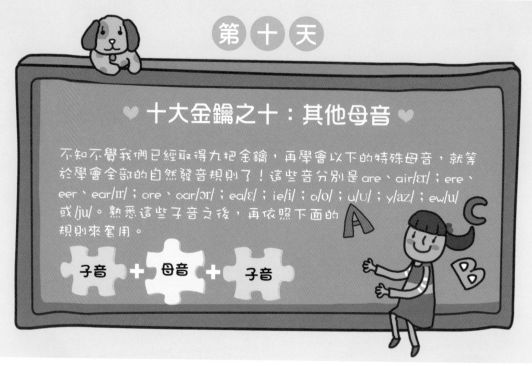

第十天

♥ 十大金鑰之十：其他母音 ♥

不知不覺我們已經取得九把金鑰，再學會以下的特殊母音，就等於學會全部的自然發音規則了！這些音分別是 are、air/ɪr/；ere、eer、ear/ɪr/；ore、oar/ɔr/；ea/ɛ/；ie/i/；o/o/；u/u/；y/az/；ew/u/ 或/ju/。熟悉這些子音之後，再依照下面的規則來套用。

子音 + 母音 + 子音

 Lynn的發音小秘密

今天要學的母音所發的音，和我們之前學過的發音規則不太一樣。適用這些規則的單字雖然不多，但因為這些字很常見，容易造成混淆。雖然符合這些規則的單字不多，卻也很重要。

1. a＿＿e、ai、e＿＿e、ee、ea、o＿＿e、oa，這些長母音加了r以後，發音就變短了。例如，a＿＿e中間加了r和ai後面加了r之後，成了are、air，就不發/e/，而發e的/ɛ/。dare、bare及hair、chair就是很好的例子。

2. e＿＿e、ee中間和ea後面加了r之後，成了ere、eer及ear，這時它們就不唸長音的/i/，而要唸短音的/ɪ/，例如here、mere；beer、deer；以及near、year。

3. o＿＿e和oa在加了r之後，成了ore、oar，這時它們不唸/or/，而成了第八天規則or的音/ɔr/，如more、store，以及board。

4. ie：原本唸長音的 /aɪ/，但是在此處是長音的 /i/。如：thief、field。

5. ea：原本唸長音的 /i/，此處 a 不作用，只發 e 的 /ɛ/。如：bread、head。

6. o 和 u：此兩字母單獨出現時，o 唸字母的音 /o/，如 no、go、so，u 唸 oo 的音 /u/，如 put、push。

7. y 在字首時唸 /j/，在字尾時大部分唸 /i/，但是當它和第三天、第五天、第六天規則的字結合時，音就變成了 /aɪ/，例如：why、cry、sky 等。

8. 我們在第四天學到 ue、ui 長母音時有提到，它們有時唸 /ju/，有時唸 /u/。ew 也是如此，唸 /ju/ 時，如 few、knew；唸 /u/ 時，如 blew、drew。

今天的規則講的都是母音，所以可以和所有學過的子音、複合子音及混合子音搭配組合，但因為今天教的規則比較特殊，所以符合此規則的字並不多，大家不需擔心，只要會唸以下列出的單字就足夠了。

 其他母音發音練習

上述其他母音的發音都沒有問題後，大家可以利用書末附的發音卡，照著子音＋母音＋子音的發音規則，將今天的母音規則放在中間（y 除外）前後搭配子音，試看看是否每種變化都可以唸得出來。

練習完後，我們再配合插圖，唸出以下 108 個單字，一邊唸，一邊就可以將這些字記住了。大家也可以跟著　多唸幾遍，確認發音是否正確喔！

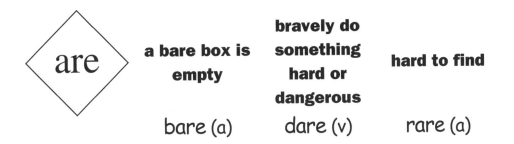

are	a bare box is empty	bravely do something hard or dangerous	hard to find
	bare (a)	dare (v)	rare (a)

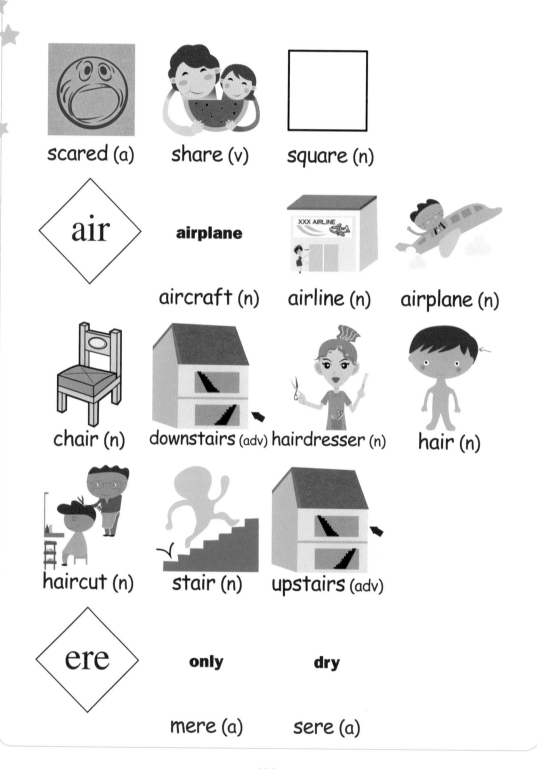

scared (a) share (v) square (n)

air

airplane

aircraft (n) airline (n) airplane (n)

chair (n) downstairs (adv) hairdresser (n) hair (n)

haircut (n) stair (n) upstairs (adv)

ere

only dry

mere (a) sere (a)

eer
beer (n)　　deer (n)　　engineer (n)

ear
beard (n)　　ear (n)　　fear (n)

gear (n)　　I hear a sound　hear (v)　　last year (n)　　near (prep)

next year (n)　　tear (n)

ore
bookstore (n)　drugstore (n)　not listen to someone　ignore (v)

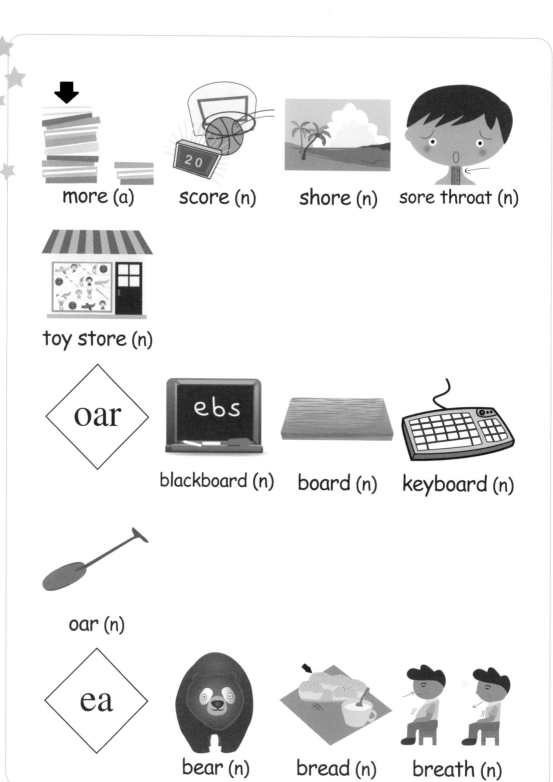

more (a)　score (n)　shore (n)　sore throat (n)

toy store (n)

oar

blackboard (n)　board (n)　keyboard (n)

oar (n)

ea

bear (n)　bread (n)　breath (n)

dead (a)　　death (n)　　feather (n)　　head (n)

health (n)　　healthy (n)　　lead (n)　　pear (n)

spread (v)　　sweat (v)　　sweater (n)　　tear (v)

thread (n)　　weather (n)

ie

Annie (女子名)　Bonnie (女子名)　　a short time

brief (a)

briefcase (n)　　chief (n)　　cookie (n)　　field (n)

 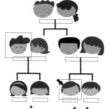  

fierce (a)　　niece (n)　　priest (n)　　shield (n)

thief (n)

$$ew \ /u/$$

blew (blow 過去式) drew (draw 過去式) flew (fly 過去式)

grew (grow 過去式)　　new (a)　　news (n)　　newspaper (n)

newsstand (n) screw (n) stew threw (throw 過去式)

ew /ju/ chew (n) few (a) knew (know 過去式)

nephew (n) a sound, "Phew, it's hot" phew (n)

o go (v) Jo (女子名) no (adv)

pomelo (n) tornado (n)

u

bull (n) bush (n) butcher (n)

pudding (n) pull (v) push (v)

y

butterfly (n) cry (v) dry (a)

dryer (n) fly a kite (v) fly (v) fry (v)

hair dryer (n) shy (a) sky (n)

因為今天教的規則都是母音，所以我們可以和前面學過的子音、複合子音及混

合子音做搭配：

1. y唸/aɪ/的時候，大部分前面都是加 複合子音或混合子音＋y →如：sky、shy。

2. u唸/ʊ/的時候，幾乎是 b、p＋u＋子音或複合子音 →如：bush、push。

3. o唸/o/的時候，都是 子音＋o →如：no、go。

4. are、air、ere、eer、ear幾乎都在字尾，所以大部分的字為 所有子音＋are、

   air 或 所有子音＋ere、eer、ear →如：care、stair；here、beer、year。

5. ea、ie主要出現在字中，所以 所有子音＋ea、ie＋子音→如：bread、chief。

6. ew主要出現在字尾，所以 所有子音＋ew →如：screw、chew。

我的筆記欄

結語

　　經過十天的自然發音課程，大家是否發現發音真的不難了呢？只要注意以下幾個重點，學發音就能駕輕就熟！

1. 知道如何將兩個音拼讀出來，如：c+a→ca、ca+t→cat。

2. 知道聽和說的能力是在不同的腦區運作，能唸出或拼讀出一個字，並不代表可以聽得到那個字，所以我們在做練習時，這兩部分都要練習到。

3. 熟練三步驟。因為任何字不管再長，它的組合方式都一樣，都是 子音 ＋ 母音 ＋ 子音，或是 母音 ＋ 子音。所以只要你能聽得到字首、字尾及母音的音，不管再長的字我們都能拼得出來。

4. 第一天的規則最重要，只要第一天的任何組合都能拼讀出來，後面的規則全都是遵循此一模式，只是套用不同的音而已，而聽的部分也是一樣。所以我們可以多花一些時間練習第一天的三步驟，第一天的規則不論在聽或說的部分，練習得愈熟練，其他任何規則因為模式相同，就可以很容易的讀出字及聽到字首、字尾及母音，而拼出字。

5. 規則的堆疊以及組合的靈活運用，可以使一個規則變成三個、五個規則的強度。在每天的武功祕笈中，我們教大家如何和學過的規則組合，所以我們不但學過不會忘，對規則更有感覺。

6. 語言是有邏輯的，是隨其文化環境而變化的，所以我們學英文要去感覺它，而不是死記它。當你對這些字母有感覺時，不管它們如何變化或組合都難不倒你了。所以，我們學習發音規則時，就當作玩遊戲一樣的去排列組合，不要太嚴肅的看待規則，你會發現原來單字是這麼有感覺的東西。Feel the language, feel the words!

　　希望大家上完這十天的課程，在發音與聽力上都能進度，以後再也不會遇上唸不出或拼不出單字的窘境！

學生好評

李律恩，台大醫學系四年級

　　小時候初學美語，嘗試過各式各樣的兒童美語班和唱遊課。那時，剛上小學的我完全感受不到學習一種新語言的興奮，只覺得補習班每個禮拜要交的作業和上課背單字的壓力，成了一種讓我恨不得找個藉口趕快逃走的負擔。

　　要再到新環境學英文，本來還讓我有點不安，沒想到豐橋的老師們活潑充滿互動的教學方式，和穿插課堂間的各種小遊戲，讓我完全克服對「學英文」的恐懼。老師們常說，學好一種語言，最大的關鍵就在於能在全美語的學習過程中建立「英文腦區」，無論聽、說、讀、寫都能像使用母語一樣，直接用英文文法邏輯思考，反射性的講出最自然的會話，而不是像大多數人一樣，得先想好「這句話中文是怎麼說」，再逐字翻譯成英文。

　　其中Phonics自然發音讓口說和聽力的學習更輕鬆，不需要任何音標符號幫助記憶，而是反覆用現成的單字舉例，練習各種字母的組合該發什麼音，彷彿培養出一種發音的直覺，看到單字就能馬上唸出來，聽到不認得的字彙時也幾乎都能正確拼寫，擺脫了遇到生字只能死背硬記的折騰。

　　學習語言最重要的功能在於能與人溝通，而最讓台灣學生裹足不前的弱點，卻也是日常溝通最重要的聽說能力。找到對的學習方式，不但能讓英文成為生活的利器，更讓自己在學習的過程中發現樂趣，勇於用英文向外國朋友表達自己的想法，說得輕鬆、說得有自信。

楊涵宇，吉林國小六年級

　　我那些辛苦背單字、寫英文補習班作業的同學，不相信我從來沒有背過單字、記過音標。在豐橋的自然發音及全美語教學下，我的發音和聽力在學校算是優秀的呢！

吳宛怡，政大法律系

　　當我為了考試重拾許久未接觸的英文書本，才發現自己認為早已遺忘的單字，即使不熟悉也能憑直覺發音，這是過去在全美語環境中，一點一滴累積的基礎。

鄭華雅，崇光女中

　　豐橋總是能讓我在不知不覺中背下單字，因為學的是自然發音法，只要唸得出音，要拼出單字再簡單不過，也讓我在學習英文的道路上無往不利。

高羽柔，景美國中二年級

　　自從來到豐橋美語，學習英文變快樂了，再也不需要死背單字和文法句型，這裡的教學方式，不僅讓我很容易理解，也讓我可以真正用英文思考，對英文不再畏懼，可以輕鬆開口說英語。

林詩軒，景美國中一年級

　　小學三年級時來到豐橋，就改變了我對於補習班的傳統觀感。來這裡，你會快樂的學習、輕鬆的學習，並且在不知不覺發現自己其實真的進步了很多！因為這裡是採用「Phonics」自然發音法，上課以遊戲互動的方式進行，課程淺顯易懂，只要學會了，單字自然而然就記起來了。國小背單字覺得沒什麼，但現在上了國中就有差了，不論是任何困難的句子，或是再長的單字，套上了自然發音，讀起來就是輕鬆。

曹瑋凾，景美國中二年級

　　學了自然發音後，背單字變得很輕鬆，因為大部分的單字只要會唸就記住了，而且在看到不認識的字時，通常都能唸得出來。有的時候會看到班上同學拿著一大疊單字卡背很久，看起來很累也很辛苦。所以我覺得自然發音法真的幫了我很多！

曹書誠，百齡國中一年級

學自然發音的好處：1.看到字時能讀出音。2.能和聽過卻沒看過的單字意思做結合。3.背單字時幾乎只要唸出來就會拼。4.部分字不用看K.K.就能唸。5.學習較容易，雖然不是每個單字都實用，但總能有辦法符合期待。

鄧元婷，輔大英文系

一切都是從聲音開始的……理解別人說的話、表達自己的想法……這就是魔法。何其幸運我經歷過：用英文思考，在英文的環境裡聽聽說說，學習的邏輯跟中文一樣（甚至更簡單），理所當然就會讀會寫了。相信我，會聽會說，你不可能不知道你聽到的字是由發出什麼聲音的什麼字組成的。

蔡珮馨，景美國中一年級

來到豐橋之前，我連簡單的拼音都不會，而且學校單字都死背，但在來到豐橋後，我學會了自然發音，不用死背單字都可以輕鬆寫出來。而且上課是全美語，在不能說中文的課堂上不會無聊，也不用擔心，反而很有趣。老師也常常用遊戲的方式上課，讓我不再討厭英文，之後我還想再學到更多，為自己的英文多努力。

洪華妘，景美國中一年級

剛來到豐橋時，雖然懂一些英文，但還是有好幾個拼音和發音都不會，幸好Lynn叫我來上發音班後就比較懂英文了。上課的方式會玩遊戲也比較好記。雖然是全美語的環境不能說中文，卻不用擔心，因為上課可以用比手畫腳，老師也會持續教新詞，學校功課不用死背都能記住。

國家圖書館出版品預行編目資料

打通英語學習任督二脈：英語名師Lynn的自然發音課
／龔玲慧著 -- 二版 -- 臺北市：商周出版：英屬蓋曼群
島商家庭傳媒股份有限公司城邦分公司發行，2023.04
面；　　公分. --（全腦學習；16）

ISBN 978-626-318-613-2（平裝）

1. CST：英語 2.CST：發音 3.CST：詞彙

805.141　　　　　　　　　　　　　　　112002317

全腦學習 16

打通英語學習任督二脈（暢銷改版）——英語名師Lynn的自然發音課

作　　　者／龔玲慧
企畫選書／黃靖卉
責任編輯／羅珮芳

版　　　權／吳亭儀、江欣瑜
行銷業務／周佑潔、黃崇華、賴玉嵐
總　編　輯／黃靖卉
總　經　理／彭之琬
第一事業群
總　經　理／黃淑貞
發　行　人／何飛鵬
法律顧問／元禾法律事務所王子文律師
出　　　版／商周出版
　　　　　　台北市104民生東路二段141號9樓
　　　　　　電話：(02) 25007008　傳眞：(02)25007759
　　　　　　E-mail：bwp.service@cite.com.tw
發　　　行／英屬蓋曼群島商家庭傳媒股份有限公司城邦分公司
　　　　　　台北市中山區民生東路二段141號2樓
　　　　　　書虫客服服務專線：02-25007718；25007719
　　　　　　服務時間：週一至週五上午09:30-12:00；下午13:30-17:00
　　　　　　24小時傳眞專線：02-25001990；25001991
　　　　　　劃撥帳號：19863813；戶名：書虫股份有限公司
　　　　　　讀者服務信箱：service@readingclub.com.tw
　　　　　　城邦讀書花園 www.cite.com.tw
香港發行所／城邦（香港）出版集團
　　　　　　香港灣仔駱克道 193 號東超商業中心 1F　E-mail：hkcite@biznetvigator.com
　　　　　　電話：(852) 25086231　傳眞：(852) 25789337
馬新發行所／城邦（馬新）出版集團【Cite (M) Sdn Bhd】
　　　　　　41, Jalan Radin Anum, Bandar Baru Sri Petaling,
　　　　　　57000 Kuala Lumpur, Malaysia.
　　　　　　電話：(603) 90563833　傳眞：(603) 90576622
　　　　　　Email: service@cite.com.my

封面設計／陳祥元
版面設計／陳祥元
內頁排版／立全電腦印前排版有限公司
印　　　刷／前進彩藝有限公司
經　　　銷／聯合發行股份有限公司
　　　　　　電話：(02)2917-8022　傳眞：(02)2911-0053
　　　　　　地址：新北市231新店區寶橋路235巷6弄6號2樓

■2023年4月13日二版一刷　　　　　　　　　　　　　Printed in Taiwan
定價399元

城邦讀書花園
www.cite.com.tw

請沿虛線對摺，謝謝！

書號：BU1016X	書名：打通英語學習任督二脈	編碼：

讀者回函卡

線上版讀者回函卡

感謝您購買我們出版的書籍！請費心填寫此回函卡，我們將不定期寄上城邦集團最新的出版訊息。

姓名：＿＿＿＿＿＿＿＿＿＿＿＿＿＿＿ 性別：□男 □女

生日：西元＿＿＿＿＿＿年＿＿＿＿＿＿月＿＿＿＿＿＿日

地址：＿＿＿＿＿＿＿＿＿＿＿＿＿＿＿＿＿＿＿＿＿

聯絡電話：＿＿＿＿＿＿＿＿＿＿ 傳真：＿＿＿＿＿＿＿＿

E-mail：

學歷：□ 1. 小學 □ 2. 國中 □ 3. 高中 □ 4. 大學 □ 5. 研究所以上

職業：□ 1. 學生 □ 2. 軍公教 □ 3. 服務 □ 4. 金融 □ 5. 製造 □ 6. 資訊

□ 7. 傳播 □ 8. 自由業 □ 9. 農漁牧 □ 10. 家管 □ 11. 退休

□ 12. 其他＿＿＿＿＿＿＿＿＿＿＿＿＿＿＿＿

您從何種方式得知本書消息？

□ 1. 書店 □ 2. 網路 □ 3. 報紙 □ 4. 雜誌 □ 5. 廣播 □ 6. 電視

□ 7. 親友推薦 □ 8. 其他＿＿＿＿＿＿＿＿＿＿＿＿

您通常以何種方式購書？

□ 1. 書店 □ 2. 網路 □ 3. 傳真訂購 □ 4. 郵局劃撥 □ 5. 其他＿＿＿

您喜歡閱讀那些類別的書籍？

□ 1. 財經商業 □ 2. 自然科學 □ 3. 歷史 □ 4. 法律 □ 5. 文學

□ 6. 休閒旅遊 □ 7. 小說 □ 8. 人物傳記 □ 9. 生活、勵志 □ 10. 其他

對我們的建議：＿＿＿＿＿＿＿＿＿＿＿＿＿＿＿＿＿＿＿

＿＿＿＿＿＿＿＿＿＿＿＿＿＿＿＿＿＿＿＿＿＿＿＿＿

＿＿＿＿＿＿＿＿＿＿＿＿＿＿＿＿＿＿＿＿＿＿＿＿＿